GOBOOKS
& SITAK
GROUP©

三日月書版

三日月書版

下
三日月書版
BL006
非天夜翔
illust.およ

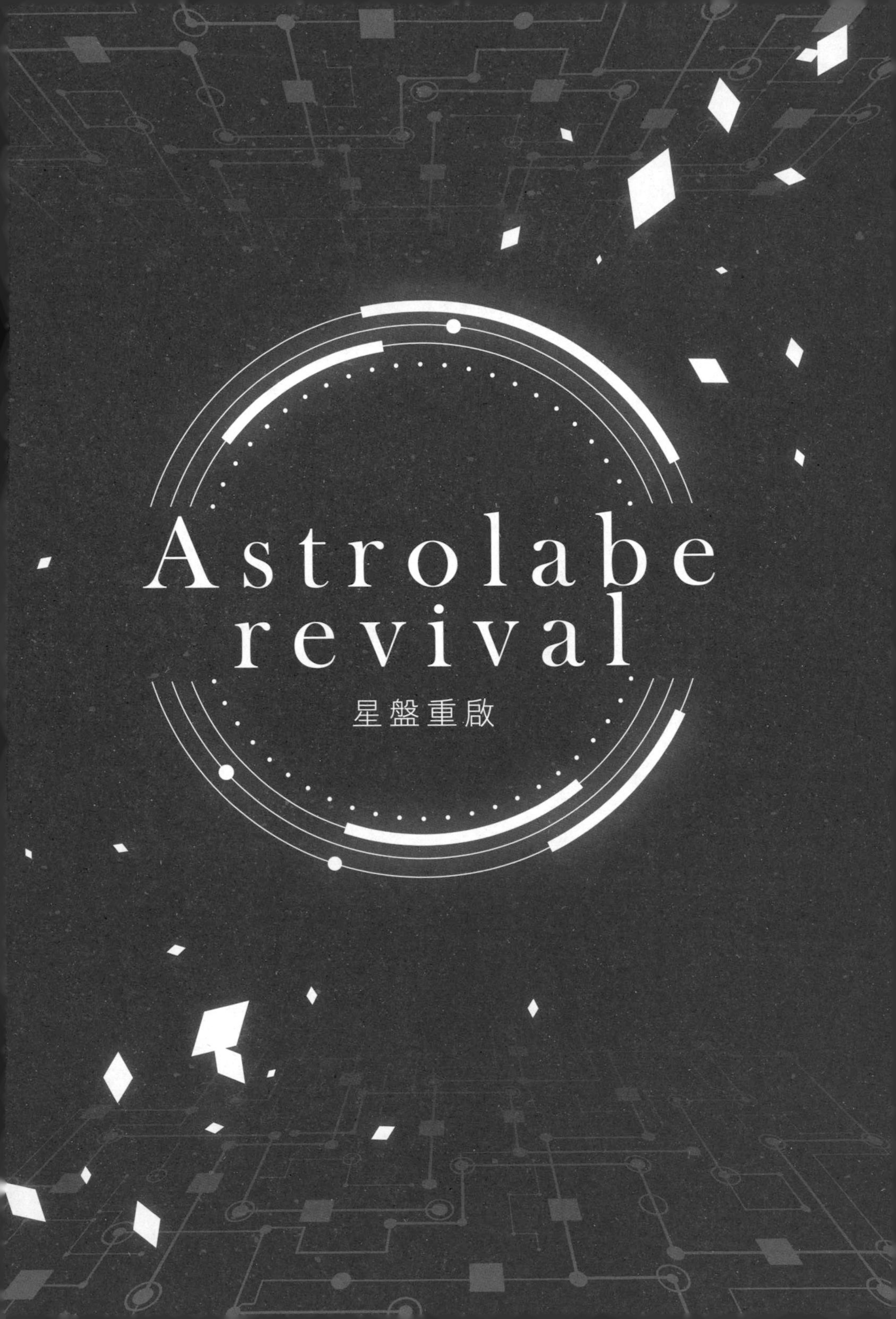
Astrolabe
revival
星盤重啟

Contents

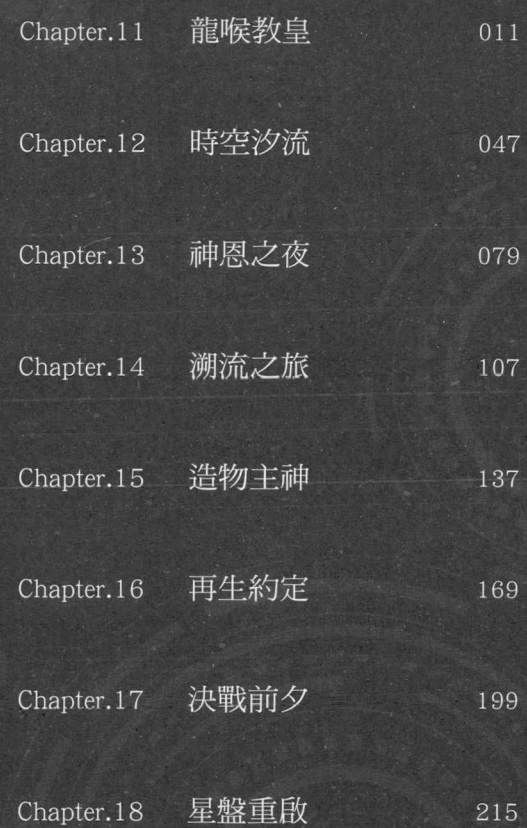

01
02
03
04
PROFILE
阿卡
職業：檢修技師
性格：善良、堅強
目標：前往充滿人類的理想國
「黑石，你究竟是個怎麼樣的人？」
01101
10101
05
06
07

01
02
03
04
PROFILE
黑石
職業：不明
性格：冷漠
目標：恢復記憶
「我只在乎阿卡，其餘人與我無關。」
01101
10101
05
06
07
08

Chapter.11
龍喉教皇

阿卡忍不住別過頭，閉上雙眼，那一刻，黑石緊緊地把他摟在懷裡。

時間流逝彷彿變得異常緩慢，嘈雜的世界中，一聲輕響猶如最美好的樂章，只見保險箱彈開，現出裡面的一塊古舊晶片。

保險箱門開啟。

阿卡睜開了眼。

黑石伸出手，將晶片抓在手裡，繼而轉身，一手抱著阿卡，另一手護著他的額頭，側過身兩步衝到落地窗前，以肩膀一撞。

「啊啊啊啊——」

阿卡壯烈地吼道：「黑石你瘋了！」

防彈玻璃被黑石一撞，竟碎成千萬片，嘩一聲爆射出半空，猶如晶瑩的浪花一般，在黎明的第一縷陽光下飄散。警衛們衝進辦公室，黑石與阿卡卻已從數十層樓高的大樓跳了出去。

那一刻時間彷彿完全靜止，阿卡唯一能清晰感覺到的，只有自己與黑石在萬籟俱寂下的心跳聲。

下一秒鐘，兩人猶如斷線的風箏般極速落下。

阿卡忍不住放聲大叫，黑石的臂環瞬間分解為無數金屬碎片，層層疊疊，組合成銀色的雙翼，再呼啦一聲展開，猶如三角滑翔翼般，帶著他與阿卡飛向遠方。

「太瘋狂了啊啊啊！」阿卡激動地吼道。

「閉嘴。」黑石冷冷道，「你太吵了。」

阿卡抬頭看，發現黑石的嘴角竟微微上揚著，兩人迎著初晨的光輝飛向遠方。

這天的正午時分，戰事終於告一段落，全城響起《黑色大地》的旋律，戰敗的人類方俘虜被押到廣場上，黑石在高樓上俯身看著。

「試出來了？」黑石問。

「還沒有。」阿卡眉頭深鎖，說，「這塊主程式晶片非常古老，如果沒有猜錯，應該是直接從造物主遺跡裡取出來的……」

他把麥克西腦子裡的那塊晶片，以及主程式晶片拼接在一起，卻發現除此之外，還有一個介面。

這個介面是做什麼的？阿卡隱約有種不祥的預感，莫非還有一片?!

「這是上萬年前的技術。」黑石冷漠地說，「現在你們人類與生化人沿用的電腦科技，都是從遠古之心中偷竊來的。」

阿卡顧不得去研究另一個介面了，把主程式晶片接上資料傳輸線，無奈道：「我不太同意偷竊這個說法……不過好吧……讓我們來看看，裡面都有什麼……」

話音剛落，解碼器內投射出密密麻麻的二百五十六面體編碼，猶如一個巨大的、發著紅光的球。

黑石道：「確認是它的話，必須馬上下去告訴灰熊。」

阿卡看著那顆球，瞳孔微微放大。

「有問題？」黑石察覺了異狀。

阿卡以手指撥弄編碼球，把它轉了一個方向，球面只完成了三分之二，剩下的三分之一空白處對著黑石。

黑石也發現了，喃喃道：「怎麼？還有第三塊？」

「我猜是『父』做的另一手準備。」阿卡顫聲道，「它始終還是怕洩漏停機口令，所以把這段刪除了。」

黑石皺著眉道：「不可能，李布林將軍怎麼會沒有發現這個空白點？刪除一段的話，整個口令都不能用，他又怎麼會調集軍團，進攻機械之城？」

阿卡想了想，道：「這是原始晶片，李布林手上的是備份。他複製走的時候，整個停機編碼一定是完整的，最後那塊晶片在哪裡……只有天知道了……」

黑石看了阿卡一眼，兩人彷彿有著某種奇妙的默契，阿卡皤然醒悟，蹙眉道：「莫非最後一塊在安格斯的腦子裡？」

「有可能！我們快去！」黑石起身。

阿卡馬上收起晶片，兩人跑下樓去。

傍晚時分，太陽照耀著這片被戰火燒焦的黑色大地，被俘虜的傭兵們被押出來，在地上跪成一排。

「把我們的人交出來。」一名生化人軍官以槍指著戰俘的後腦勺，朗聲道，「否則，每過一分鐘，就殺一個人。」

傭兵們聚集在防線後，群情洶湧，一時間卻都不上前去。

片刻後，沙皇押著安格斯出來，把槍抵在他的額頭上說：「你們殺一個人，我就殺了他！」

生化人軍官嘲笑道：「你儘管開槍，生化人從沒有領袖。你還不清楚嗎？我們都是一體的，殺了安格斯，其餘人都可以替代他。」

黑石與阿卡穿過廢墟，跑向傭兵陣營，有人發現了他們，紛紛交頭接耳，阿卡望向對面，看見跪在地上一手抱著派西、以身體擋著他的飛洛。

派西閉上眼，靠在飛洛懷裡。

「飛洛！派西！」阿卡要衝出去，卻被一名傭兵提著衣領，拖了回來。

那發號施令的生化人軍官沉聲說：「這是我們與人類勾結的叛徒，既然這麼在乎他們，就先殺了他們……」

說畢，那軍官走向飛洛與派西兩父子。

「不！」阿卡怒吼道。

「等等！」灰熊的聲音倏然響起。

傭兵陣營中產生了一陣騷動，灰熊與黑石交談幾句，而後道：「我們接受你的條件，再給我們幾分鐘時間。」

生化人軍官收起槍，說：「十分鐘，時間到還不把安格斯將軍交出來的話，我會殺你們十個人。」

阿卡憤怒地看了他一眼，轉身跑向自己陣營，只見傭兵協會的高層成員聚集在一起，安格斯筆挺地站在人群中，一臉冷漠。

「你們現在殺我，也沒有任何作用。」安格斯彷彿已知必死的命運，自若答道。

「被刪除的那塊空白在哪裡？」黑石冷冷道，「我不信你沒有備份。」

安格斯沉默，沙皇把槍一收，上前揪著安格斯的衣領就要動手。

「別衝動！」灰熊焦急道，「現在不許動手！」

「我猜編碼就在這混球的腦子裡。」沙皇以槍囂張地頂著安格斯的頭，不客氣地說，「把他的腦子鋸開看看？」

黑石道：「不在他的腦子裡。」

「我猜也沒有，」那名叫格爾布的紅髮男子說，「把它交出來吧，安格斯。」

「沒有。」安格斯緩緩道，「這個世界註定會滅亡，已經沒有任何希望了。」

這話一出，所有人的呼吸都短暫地停下，灰熊臉上現出詭異的表情，而阿卡的心臟跳得相當劇烈，想到了一個最壞的情況。

「你們可以現在就殺了我，」安格斯說，「殺了我，你們也找不到第三塊晶片，輸入、輸出、終端三大程式，我們各自保管一塊，最後一塊，被植入了李布林的腦中。」

這一刻，所有人的念頭都是——該死！

阿卡腦中一片空白，李布林已經在進攻機械之城的總戰役中犧牲了，第三塊晶片要去哪裡找？

黑石沉默片刻，而後道：「及早準備後事吧。」

「不！」阿卡道，「還有希望，我們再想想……」

所有人面如死灰，陷入絕望的沉默中。

「還有五分鐘。」灰熊看了一眼表，「要放棄嗎？」

「一定有辦法。」阿卡說，「再想想……說不定李布林還沒有死……」

「他已經死了。」安格斯平靜地說，「每一個生化人兄弟的死去，都會通過感應系統，將訊號傳回鳳凰城。李布林將軍在戰役進行到一半，母艦撞上『父』的那一刻就已經犧牲了。」

阿卡朝他們說：「我熟悉機械之城，我回去找，說不定能找到晶片。」

傭兵們保持了沉默，灰熊嘆了口氣。

阿卡雖然堅持，內心卻知道回機械之城找一塊晶片談何容易？最後的爆炸猶如一場能量颶風，連母艦都被炸成粉末，晶片說不定早已燒毀。就算在爆炸中保全下來，機械之城現在也一定已經推平重建了。

「剩三分鐘。」灰熊道。

「投降吧。」沙皇收起槍，長長地嘆了口氣，那聲嘆息裡帶著無盡的徬徨與絕望。

夕陽把所有人的身影拖得長長的，落在焦黑的廣場上。

「找不到晶片了。」安格斯說，「不要再寄予無謂的希望，伴隨希望而來的，將是永恆的絕望。」

阿卡眼裡噙著淚水，這一刻，他無比希望有什麼奇蹟發生。他望向黑石，覺得他一定有辦法。

然而，連黑石也無計可施。

廣場上，生化人軍官提醒道：「還有四十秒。」

「走吧，安格斯。」沙皇道，「你的任務完成了。」

安格斯走向廣場中央。

就在這時，遠方響起一聲巨響，彷彿有什麼東西破開了空間，無聲無息地衝向鳳凰城！

「機械兵團！」

「機械兵團入侵了！」

「不是機械兵團！小心！」

巨大的陰影籠罩了整個廣場，一艘金色飛船駛來，生化人紛紛後退，已來不及再殺人質，各自持槍朝向天空，發出光彈！

「派西！」阿卡冒著中彈的危險，一躬身，啟動靴內的火箭推進器，飛向派西與飛洛。

飛洛吼道：「小心！」

頃刻間金色飛船在雨點般的光彈中發出一道電磁光環，嗡一聲擴散開來，所有槍械發出電流聲響，紛紛失效！

黑石有力的手臂拉住了阿卡，繼而將飛洛與派西拖回了人類陣營中。

生化人紛紛後退，安格斯也趁機跑回了己方陣營。金色飛船停在兩個陣營中間，艙門開啟，一個中年男子走下來，環視四周。

中年男子說：「安格斯將軍，你違背了第六條約。」

「這是人類發起的挑釁！」安格斯怒吼道。

人類陣營一陣安靜。

阿卡低聲問：「這是什麼人？」

「教廷要求你們馬上停火，」中年男子沉聲道，「如果再次違背條約，我們會把所有鳳凰城內的人類分批撤回龍喉城。」

安格斯冷笑道：「替我通知教皇，我很樂意他這麼做。」

中年男子又道：「安格斯，你應該知道和平條約是誰訂的，先祖在鳳凰城給了你們生化人一個容身之處，輕易挑起戰端，後果會如何，你們應該很清楚。」

「我們沒有邀戰。」一直沉默的灰熊開口道，「麥克西被『父』啟動了控制晶片，成為機械之城在聯合陣營內的臥底，我們的弟兄在他發動第二次飛蛾撲火的戰役前，以刺殺行動阻止了他。」

「教皇已經得知了事件經過。」中年男子道，「教廷要求安格斯將軍、傭兵協會首領灰熊，以及本事件所有當事人抵達龍喉城，接受調解，各位請上船。」

中年男子轉身登船，雙方陣營內長達一分鐘靜謐，灰熊率先走出來說：「走吧！」

派西小聲湊到飛洛耳邊說：「爸爸，走吧，他們不是壞人。」

阿卡曾在前來西方大陸的船上聽吟遊詩人摩蘭提到過，教廷信仰星盤之神，也就是那名創造了這個世界的外星造物主。有黑石在，應該不會有危險，黑石走上船去，阿卡便也跟了上去。安格斯與灰熊上了飛船，雙方囑咐自己的軍隊暫時停戰。飛船緩緩升空，馳向西方大陸南面的龍喉城。

飛船一直在低空飛行，從舷窗上能看到腳底下滿目瘡痍的大地與烽火燃燒的鳳凰城。黑石上船後便站在甲板上，透過透明的玻璃，眺望著大地。

「阿卡。」派西小聲說。

「派西。」兩人見面後，阿卡終於有時間與派西說話了，他低頭檢查派西手上被繩索捆出的勒痕，「你還好嗎？」

派西笑道：「我剛剛給摩蘭大叔發了電報，告訴他我們這裡的事，他說過，以後有什麼困難可以找他。」

難怪，阿卡終於鬆了口氣。

飛洛給派西擦臉，說：「你們在船上碰上教廷的官員了？怎麼沒說？」

「我不清楚他的職位，」阿卡說，「他告訴我們，他只是一個遊歷的詩人。」

然而現在仔細想想，阿卡卻能感覺到，摩蘭是在弒父戰役中離開東大陸登船的，他會在那個時間、那個地點出現於反抗軍陣營中，說不定與李布林將軍也有著千絲萬縷的聯繫。

教廷是做什麼的，阿卡沒有太多概念，他看到黑石、灰熊、安格斯與那名教廷派來的中年男子站在一起交談，便起身朝他們走去。

「……最後一塊晶片已經毀了，」灰熊道，「就在李布林將軍手中。」

「教皇已獲得了麥克西將軍反叛的消息，」中年男子朝黑石禮貌地微一躬身，說，「他托我給您捎來問候。」

黑石表情平靜，問：「他手中還有備份嗎？」

中年男子沉吟，繼而搖了搖頭，說：「或許還有辦法，不要放棄希望。」

灰熊長嘆一聲，靠在欄杆上，說：「以目前情況來看，唯一的希望就是重新投靠教廷了。」

阿卡問：「你們是摩蘭大叔的朋友嗎？」

那中年男子轉過身，禮貌道：「我是大主教伊戈爾，我的朋友，替教皇向您問好，他對各位的勇氣與努力，抱著十萬分的敬意。」

阿卡擺擺手，示意不必客氣。黑石朝阿卡解釋道：「教廷的前身，就是當年那四名大冒險家中的一個人所建立的。」

阿卡這才明白，當年進入遠古之心的四名冒險家，在離開造物主的實驗室後，分道揚鑣，各自建立了自己的勢力。其中卡蘭博士獲得了生化人技術，並以自身為父體，複製出了生化人族群，被稱作生化人之父。

格洛將軍則帶領人類，利用造物主的科技，建立了鳳凰城，令人類與生化人和平共處，建立了第一任共和政權。利卡爾教授帶出了電腦技術，以及造物主的核心程式晶片，製造了一臺大型原始電腦，經過程式本身的衍生與演化，那臺電腦成為了「父」。

最後一名冒險者則來到龍喉城，招收信徒，向他們傳播造物主的教義。

「教皇有沒有辦法復原這塊晶片？」阿卡心中一動，在山窮水盡的境地裡，窺見了一絲光明的希望。伊戈爾主教卻嘆了口氣，說：「很難，除了少量的交通工具與防禦系統外，教廷不採用任何電腦技術，以免被『父』侵入。但教會中仍保留著不少文獻，說不定能找到其餘解決『父』的辦法。」

阿卡拿出晶片，給伊戈爾看。伊戈爾對此毫無所知，只得答道：「待見到教皇時，您可以親自與他商量，我們馬上就要到了。」

飛船不斷接近龍喉城，這是一片布滿了鮮花的大地，從鳳凰城到龍喉城的一路上，荒蕪貧瘠的地面逐漸朝著綠色轉化，這是真正的樂土。

飛洛小聲在派西耳畔描述下面的景象，伊戈爾主教又朝諸人解釋道：「龍喉城自成立至今，從不招收任何在現代科技文明中成長的人類或生化人作為信徒，歡迎各位抵達神的國度。」

一股清新的空氣撲面而來，飛船的玻璃罩解除，緩緩進入龍喉城領域，並停靠在周邊空港。這是一個復古的世界，許多設施與交通工具，阿卡甚至只在書上見過。

道路以石板鋪就，放眼望去，沒有一棟建築是高於兩百公尺的，最宏偉的大樓是龍喉城中央的聖殿，聖殿頂端還有一口大鐘。

這奇異的風格令阿卡感覺進入了未知國度，一切都相當新奇，一輛馬車在空港外停下，接他們上車。

安格斯來到此處後，變得相當安靜，整個龍喉城帶著奇異的靜謐與聖潔，籠罩在即將入夜的最後一縷微光中。

伊戈爾帶著他們到聖殿側旁，沿著一條通路走進去，過往的神職人員紛紛朝他們鞠躬示意，目光卻停在黑石臉上。

「今天已經很晚了，」伊戈爾解釋道，「各位請先好好休息一夜，明天教皇會邀請各位共進午餐，順便談談眼下的情況。」

阿卡還有點擔心，黑石卻以眼神示意他不要太著急，反正也過了這麼多天了，世界要毀滅，也不差這一晚，阿卡只得心事重重地點頭了。

伊戈爾為他們分配了房間，並告知晚飯有人送過來，便朝黑石行禮。

「願星辰之神庇佑各位。」伊戈爾優雅地說完，轉身離去。

阿卡躺在床上，嘆了口長長的氣，又坐起，解下背包放在一旁，爬到窗前的椅子上朝外眺望。寧靜中夜幕已降下，花園裡開滿了百合花，不知何處傳來輕柔的音樂聲，悠揚流轉。

阿卡覺得實在太舒服了，躺在床上，看到黑石坐在床邊，看著他出神，便赤著腳碰了碰黑石的腰。

「什麼事？」黑石轉頭看向阿卡。

「如果能一輩子生活在這裡有多好，我期待中的世界，就是這樣的。」阿卡答道。

黑石思索了一下，又道：「你們人類以前的世界就是這樣的，沒有機器人，沒有電腦，那為什麼又要建造這些？」

「好歸好，但生活不方便啊。」阿卡想了想，笑道，「沒有自來水，要去河邊取水，沒有娛樂活動，只能玩玩沙玩玩土。」

黑石又道：「如果你喜歡這個環境，我可以告訴教廷，讓他們允許你留在龍喉城。」

「你會一起留下來嗎？」阿卡端詳黑石。

黑石沒有回答。

阿卡轉而說道：「能有一個花園，種種花，做點小東西也不錯。」

沉默了一會兒後，黑石才丟了句回答出來。

「再說吧。」

龍喉城的夜晚有點冷，阿卡與黑石睡在同一張床上，裹著被子。阿卡透過窗戶，看著外面的星空，問道：「黑石，你有小時候的記憶嗎？」

他覺得黑石或許沒有多少小時候的記憶，畢竟他從被造物主製造出來以後，就一直存在於那裡。

孰料黑石卻答道：「記得一點。」

阿卡有點驚訝，側過頭看著黑石，黑石主動伸出手，讓他枕著，兩人便這麼安靜地躺著。

「是什麼樣的？」阿卡問。

「你呢？你有小時候的記憶嗎？」黑石沒有回答，反問道。

阿卡歪了歪頭，似乎在試著回想。

「我……其實自從懂事開始，就是那樣了，接受機械生命體的訓練、學習、培養……不過有一件事，令我印象很深刻，是關於『父』的。」

「關於『父』的什麼？」黑石的語氣平靜而不帶任何感情。

「所有人類在成年後的最後一天，都必須與『父』進行對接，確認你是否忠誠，那種感覺很不好受，」阿卡出神地說，「像是被一個怪物，強行侵入了腦海。」

黑石道：「這也是『父』的特殊能力之一，從培養皿被啟動開始，它就具備調查一切生物思想的能力，只要進行神經對接，它可以讀到你思想裡的任何事。」

「是的。」阿卡說，「其實最初我沒有起過念頭反抗『父』。」

「我確實覺得奇怪，按理說像你這樣的人，是絕不可能在『父』的眼皮底下活動的，你在未成年前，就該被『父』毀滅。」黑石毫不修飾地將心中所想說了出來。

阿卡不得不承認他說得對，機械之城內的防範鬆懈，並不等於『父』的愚蠢，能夠讓他這樣一個人類偷溜出去，除非是『父』的刻意放任，不然在通常情況下，絕無可能。

因為生活在機械之城中的人類，思想都曾經暴露在『父』的檢閱之下，篩選出稍有自由精神、並有逃脫念頭的人，就會被提前殺死。這也是最後為什麼是生化人組建了反抗軍，而且是從外部向內進行號召的原因。

「生化人也會被『父』進行思維對接，」阿卡說，「只是不像人類這麼頻繁。」

「有多頻繁？」黑石問。

阿卡想了想，答道：「大約十年一次吧。我現在明白了，名為篩檢，實際上是把萌生了逃跑念頭的人類殺掉。」

阿卡小時候也聽說過有不少人會在定期篩檢中消失，但從來沒有往這個方面想，現在終於能漸漸推斷出一個大概。

黑石道：「生化人毫無邏輯可言，感情用事，人類則貪生怕死，成為『父』的奴隸，都差不多。」

「不是這樣的。」阿卡翻身坐起，搖搖閉著眼睛的黑石。

黑石眼睛不睜，淡淡道：「繼續說，我在聽。」

阿卡笑了起來，用手指撐開黑石的眼睛，看著他寶石一般深邃的瞳孔。

黑石沉聲道：「三。」

阿卡馬上收回手，生怕挨黑石的揍，他想起那一天自己接受思維檢查時，看到的一片浩瀚的藍光。

「那種感覺很難形容。」阿卡喃喃道，「非常難受，彷彿有人把你的靈魂底朝天地翻了個遍……」

「我知道，所以『父』才會獲得這麼強大的敬畏。」黑石說，「你們人類有句話，叫做『當你凝視深淵之時，深淵也凝視著你』。」

阿卡說：「但這可不是我主動發起的挑釁……」

「你有在『父』的思維中看到什麼特別的東西嗎？」黑石道。

聞言，阿卡一愣，黑石居然猜到了。

那天他確實從『父』的浩瀚思海中，感覺到了不平凡之處，彷彿是某個核心區域帶來的，震盪的不安，又彷彿是某個令自己靈魂無比嚮往的隱祕之處。開始時他的大腦就像被強光灼燒著，令他生出嘔吐感，然而漸漸地，不適消失了。

他在「父」的思想深處，發現了埋藏得很深的一個靈魂，它的聲音在阿卡的耳畔響起，彷彿朝他說著什麼，阿卡卻一臉茫然，無法對答。

「它說了什麼？」黑石淡淡問道。

「我不知道，」阿卡自嘲地笑笑，「我又聽不懂。」

黑石道：「那你跟『父』說了什麼？」

「我……我說我很孤獨，我把它當作無所不能的『父』，你知道的，在機械之城裡，人類口耳相傳，都說『父』是無所不能的神。於是，我朝他許下了一個願望。」

「什麼願望？」

「希望……」阿卡想了想，「有一個保護我的哥哥，因為從小到大，我都被其他人踢來踢去地欺負。」

黑石睜開雙眼，看著阿卡，他的目光明亮而溫和，嘴角微微上翹，笑了起來。

阿卡剎那就傻眼了，說：「你……你在笑？黑石，你在笑！」

黑石的笑容稍縱即逝，沉聲道：「睡覺吧。」

阿卡有點忘乎所以了，黑石那一瞬間的笑容極其英俊，令他忍不住心生讚嘆。那笑容瞬間令整個夜晚明媚起來，彷彿有無數東西在靈魂裡交織，在心靈深處一瞬間綻放！

阿卡呆呆地看著黑石，黑石卻側過身，示意他躺在自己的身後，阿卡道：「你笑起來真好看，黑石。」

黑石「嗯」了一聲，阿卡又忍不住說：「我覺得我有點愛上你了，就是那種感覺。」

黑石一愣，有點尷尬地說：「別說蠢話！」

阿卡剛躺下去，又爬起來，忙解釋道：「我不是那個意思！我是說……教科書上說的，人與人之間的……就像我愛派西，飛洛也愛派西，而派西說他愛飛洛一樣。」

「……」黑石無語了。

阿卡感覺自己越描越黑，只好不說話了，安靜地躺在黑石背後。黑暗裡，黑石又開口道：「你可以把我當成你的哥哥。」

「謝謝你，黑石。」阿卡安靜地說，從身後摟著黑石的腰，側過頭，倚在他強壯有力的背上。

「我會保護你。」黑石說，「但僅限於你。」

阿卡應了聲，在花海的香氣中入睡，這是他從離開機械之城以來，睡得最舒服的一晚了，直到陽光灑下來時，阿卡尚且覺得自己只睡了短短的幾分鐘，敲門聲叫醒了他，黑石已不知去向，被子上還殘留著他淡淡的身體氣息。

「教皇請您到封聖之廳內共進午餐。」年輕的主教彬彬有禮道，「請您先洗個澡，時間還很寬裕，乾淨的衣服放在這裡了。」

阿卡點頭道：「好……好的。」

阿卡看了眼衣服，是很簡單的技師長褲、外套，他便脫了衣服，在房間裡走來走去，推開浴室的門，看到寬大的浴池裡已經放好了熱氣騰騰的水。

阿卡走進浴池裡，卻不慎踩到軟綿綿的東西，頓時大叫一聲。

「哇啊！」阿卡嚇了一跳，摔進水裡，嗆了口熱水，黑石馬上拖著他的手腕，把他抱起來，阿卡又被黑石嚇得夠嗆。

黑石不耐煩地問：「幹嘛？」

阿卡驚魂猶定，說：「你、你怎麼在這裡？」

「洗澡。」黑石隨口道，他的頭髮已長了許多，沾水後服帖地貼在額上，站起來時肌肉健壯，手臂有力，抱著阿卡，彼此肌膚相貼，讓阿卡坐在浴池邊上。

「那你先洗好了……」阿卡正打算先離開，卻聽到背後的黑石說話了。

「進來吧。」

阿卡怔怔看著黑石，黑石從水裡站起來，走到一旁去拿香皂。阿卡明白了，剛才黑石一直在水裡躺著，自己居然沒發現，似乎一腳正踩到黑石大腿……根部。

「我自己來。」阿卡忍不住偷看黑石，他的身材非常完美，就像黃金比例的人類一樣，該多的地方不多，該少的肌肉也一點不少，身高更是一百八十二公分的標準比例。

他的身材比生化人更勻稱好看，比起批量生產的生化人，黑石有種人類獨有的親切氣息，是男子肌膚的氣息，也是體溫給人帶來的感覺。

阿卡道：「你是按照黃金比例培養的嗎？」

「我不知道。」黑石說，「但可以肯定，父親的容貌和體型，都和我不一樣。」

「我覺得造物主應該特別青睞人類，」阿卡笑著說，「或許可以說是偏愛，所以把你做成了人類的樣子。」

「也許。」黑石答道，「不過我不能確定，父親的世界裡是不是也經歷過人類的這種階段。」

「應該有。」阿卡答道。

阿卡始終覺得，人類是個很特殊的種族，他們的情感、喜怒及智慧，都和這個世界上的任何一個物種不同。或許正因為造物主對人類的這種青睞，才讓黑石對他們友善多了——至少沒有像對待生化人那樣。

阿卡抱膝坐在熱水裡，與黑石各自坐在浴池的兩端，就這麼靜靜坐著，阿卡忽然有種強烈的衝動，想上前去依賴他。

昨天晚上靠在黑石身上睡覺的感覺很好，就像父親寬闊的背脊一樣。阿卡雖然從來沒有過父親，卻從黑石身上找到一種依戀感。

「我可以抱抱你嗎？」阿卡道。

黑石沒有說話，阿卡也有點尷尬，為這個突發的念頭而忍不住好笑，說：「別當真，隨便說說的。」

「可以，過來吧。」黑石道。

阿卡湊過去，黑石張開雙臂，彼此在溫熱的水中接觸。阿卡有點顫抖，手指碰到黑石的手臂時，便忍不住收了回來，黑石卻握著他的手，把他拉向自己，讓阿卡把手按在自己的胸膛上。

在那裡，有一顆起伏的心臟，正在堅定而有力地搏動，阿卡第一次與別人的身體赤裸接觸，心中升起一股異樣的感覺。

他的呼吸變得急促起來，撫摸在水中黑石強壯的臂膀，他的肩膀、手臂、胸膛、小腹，以及雙腿，都帶著流水的滑膩觸感，肌肉卻又堅硬有力。阿卡靠近他，抱著他的腰，靠在他身上。

他們赤裸相貼，那一刻，阿卡感覺到了那種突如其來的安全感，彷彿找到了生命中的某種歸宿。

「父親。」阿卡喃喃道。

黑石沒有說話，阿卡已經是第二次感覺到了，上一次，是在「父」的思想深處，面對那個光型輪廓之時。

「是父親……」阿卡的呼吸幾乎要停住了。

黑石低聲答道：「你感覺到了。」

阿卡難以置信地抬起頭，黑石伸出手，撫摸他的頭髮，說：「這是萬物之父所賦予，通過雄性激素、心跳，以及血液的流動，來召喚人類的效果。」

「有什麼用？」阿卡看著黑石的雙眼，喃喃道。

「沒什麼用，」黑石說，「只是他遺留在我身上的氣息，與我無關。」

「我可以這樣抱著你一會兒嗎？」阿卡問。

「可以。」黑石靜靜地答道。

阿卡靜靜地抱著他，黑石張開雙臂，微微後仰，把手肘擱在浴池邊緣，任憑阿卡在他懷中，猶如初生嬰兒一般感受他的懷抱。

片刻後，黑石從一側的香料盒中捏了少許混合花液，手掌抹開，一手抱著阿卡，另一手則按上他的頭。

阿卡心裡是一片寧靜，他什麼也不想說，感覺到黑石溫暖的手掌抹過他的脖頸，抹過他的背脊，將花液塗滿他全身。

片刻後，黑石抱著阿卡，坐了起來，把他抱在自己身前。

阿卡的呼吸急促起來，肌膚變得通紅，靠在黑石身上，急促地喘息，心中彷彿有什麼正在萌生，發芽。

黑石為他清潔了全身，並撥開他的額髮。

「謝謝。」阿卡已有點暈眩，黑石便橫抱著他出水，「血液上湧，容易頭暈。」

阿卡被抱出浴室，黑石又扔給他衣服，讓他穿上，繼而自己穿好衣服。離開走廊時，阿卡心底還殘留著那種溫暖的感覺，他側頭看黑石，試著拉了拉他的手，黑石便這麼放鬆手指，任他拉著，來到走廊盡頭時，黑石微微收攏手指，把阿卡牽著，推開門。

門內樂曲響起，金色大殿內，摩蘭正在為派西治療他的雙眼，聽到聲音時，抬起頭，笑道：「歡迎您，聖子。」

Chapter.12
時空汐流

聖殿一側，明媚的陽光鋪天蓋地灑下，照得人有種慵懶的愜意感。阿卡看到摩蘭大叔，馬上就想起了離開機械之城的那段時間，在船上同舟共濟的日子。他驚喜交集，大叫一聲，衝上前去與摩蘭擁抱。

安格斯與灰熊各站一旁，立於摩蘭身後，先前兩人彷彿爭執著什麼，被阿卡的進入所打斷。阿卡撐著膝蓋，躬身看派西的眼睛，又抬頭問摩蘭：「你可以治好他嗎？」

「我盡力。」摩蘭略一沉吟，答道，「派西先天失明，我計畫先讓他恢復少許視覺，如果能感知光線，就相當於成功了第一步。」

派西閉著眼睛，微笑道：「其實我並沒有那麼迫切地渴望看到東西，只要大家都好好的就行了。」

「是的。」摩蘭笑道，「但如果不把你的眼睛治好，會帶給你更多困擾……好了，先這樣。」

一名教徒端上托盤，阿卡協助摩蘭，給派西的眼睛蒙上繃帶，好奇地問：「這樣就能讓他的眼睛看見了嗎？」

「不行。」摩蘭笑道，「只是一個前期準備而已，如果只用草藥就能治療他的失明，我就不用當教皇，可以去幫人治病了。」

「你是教皇！」阿卡和派西異口同聲，驚訝無比地大叫道。

「噓……」摩蘭將手指擺到嘴邊，示意他們小聲。

「您過謙了，陛下。」伊戈爾主教答道，「教皇的醫術大陸聞名，相信要治好他並不難。」

阿卡無論如何也想不到，自己在船上認識的吟遊詩人居然是整個大陸的教皇，摩蘭的形象頓時在他眼中變得高大了不少，他的嘴角抽搐，生平第一次見到這種大人物，忽然就有種眩暈感。

「你你你……摩蘭大叔，你居然是……」

阿卡還沒從震驚中恢復過來。

「只是一個小城市的代管者而已。」摩蘭溫和笑道，「你覺得現在還有多少人會信奉星辰教？」

摩蘭摸了摸阿卡的頭，牽著他與派西，示意他們在長桌旁坐下，黑石朝他走過來，摩蘭一手按著左胸朝他行禮，黑石只是略一點頭，摩蘭便道：「大家請用午飯，不必客氣，我尊貴的客人們。」

賓客入座，享用一頓豐盛的午餐，黑石淡淡道：「你們繼續說，不必管我。」

摩蘭答道：「我想他們的怒火已經平息下來了。」

灰熊放下刀叉，正要說話，安格斯卻道：「陛下，鳳凰城並不如您想的那麼和平，人類與我們的兄弟已經到了……」

「我擔保在這次事件結束後，」摩蘭耐心地說，「鳳凰城的衝突不會再給你們造成更多困擾，如果一切順利，整個大陸的情況都將得到改善。」

灰熊突然說：「與其把希望寄託在他們身上，我更願意自己去與『父』戰鬥。」

「你說什麼？」阿卡愣住了。

「會有機會的。」摩蘭淡淡道，「人類和生化人必須團結在一起，這是漫長艱苦的戰爭後，所有契機一併導致的最後結果。」

阿卡問：「摩蘭大叔……不，教皇陛下，我想問問，關於『父』……」

摩蘭一個眼色，示意阿卡不要多說，阿卡便心領神會，摩蘭卻笑了起來，說：「我還是寧願你叫我大叔。」

阿卡笑道：「好的。」

正在這時候，飛洛過來入座，點頭道：「感謝您在船上對他們的照顧，教皇陛下，一時失察怠慢，希望您不會放在心上。」

「您好。」摩蘭彬彬有禮道，「我只是一個遊走世界邊緣的旅人而已，很榮幸能為派西效勞，飛洛中校。」

阿卡感覺到摩蘭與飛洛彷彿有某種默契，繼而聯想到前往西大陸時，摩蘭在船艙裡的事——這意味著他們或許有過一面之緣。

黑石彷彿感覺到了阿卡的疑問，隨口問道：「你到機械之城去做什麼？」

「去看看。」摩蘭接過麵包，隨口道，「我進入了機械之城，看到了你們的革命。」

阿卡詫異道：「您也進去了？」

摩蘭點頭道：「本來我的目的是營救卡蘭博士，可惜來遲一步，行動中又發生了變數，致使我的計畫全盤失敗了。」

飛洛答道：「不管怎麼樣，感謝您救了派西。」

「舉手之勞而已，」摩蘭輕鬆地說，「派西的能力令我非常意外，他的夢境常常能預見未來。派西，最近還做那個夢嗎？」

「沒有了。」派西搖搖頭，輕輕地答道。

阿卡不由得渾身一震，就連黑石也相當意外，問：「你作了關於革命結果的夢？」

派西點了點頭，飛洛略有點責備地看著摩蘭。

阿卡想起自己從鳳凰城一路上與派西相伴的日子，派西確實曾經在不經意間告訴過他許多關於未來的事。印象中最深刻的是那天他們在管道裡過夜時，派西察知了前來尋找他們的沙皇的身分。

「在教廷裡不必擔心。」摩蘭說。

安格斯將軍道：「飛洛，你的養子能預見未來？」

摩蘭不客氣地回答：「將軍閣下，有時候預見未來，並不是什麼好事，我寧願派西什麼也看不到。」

灰熊又問：「那他有看到，這場戰役最後，有勝利的可能嗎？」

派西沒有說話，摩蘭道：「到此為止吧，各位。」

摩蘭禮貌地點頭，顯然不願意讓灰熊再問下去，起身時又說：「我相信當派西的雙眼被治好後，他就不會再有預知夢了。」

「這不公平！」安格斯口氣有些不好，「為什麼不讓他告訴我們最後的結果？如果他確實能知道，夢境預示著既定的未來……」

阿卡忽然道：「如果預言告訴你未來會落敗，你就不打仗了嗎？」

眾人聞言，都陷入沉默。許久後，灰熊笑了起來。

「有意思，」灰熊說，「那就按照先前的計畫做。」

安格斯道：「我需要徵集軍隊的意見。」

摩蘭道：「給您三天時間籌備，伊戈爾主教，現在就請送他們回鳳凰城去。」

灰熊點頭，與安格斯將軍在伊戈爾的帶領下離開了聖殿，摩蘭沉吟良久，說：

「各位，我需要制定向機械之城發起總攻擊的計畫。」

阿卡點點頭，知道摩蘭現在一定有他自己的事要忙，便告辭離席。

穿過走廊時，與派西停下了腳步，他有許多話想問，譬如派西究竟夢見了什麼，或是對他們隱瞞了什麼話，卻沒有說出口。

阿卡最後說出口的，竟然是——

「派西，你的鞋帶鬆了。」

「啊，真的耶。」派西停下腳步，蹲下一摸，真的鬆了。

阿卡單膝跪地幫派西綁鞋帶，順帶提到，「你似乎從來沒有提到過你的夢。」

「摩蘭大叔讓我不要說的，」派西輕輕地回答道，「從小，村莊裡的人就把我當成魔鬼，他們恐懼被我看到死亡。」

「你看得到嗎？」

阿卡為派西繫好鞋帶，站起身，兩人繼續向前走。

長廊外，陽光從晴朗的天空中灑下，照得花園內一片金碧輝煌，鬱金香花海在微風下此起彼伏。

阿卡問：「你和摩蘭大叔是怎麼認識的？」

派西答道：「爸爸去參加戰爭了，他把我託付在軍營的人類棲息地裡。那時我做了一個夢，夢見他們戰敗了，有艘很大的飛船，撞在一座尖塔上。爸爸的座機撞在荒野上，化作一個火球，他帶著人類跑，跑到山谷裡，被一艘飛船用機槍掃射。」

阿卡的呼吸幾乎要停了，感覺一剎那間血液變得相當冰冷。

「後來呢？」阿卡問。

「後來他出現在機械之城的一個實驗室裡。」派西說，「被打開了身體，取出腦子裡的一塊晶片，然後就死了。但是在被取出晶片後，我又夢見他變成了一團火球。」

阿卡想起第一次見到飛洛的一幕，那時候他和黑石正在山上休息，剛好碰上帶著人類遷徙的飛洛。

他安慰道：「你的夢境不準確，飛洛並沒有死。」

「嗯，摩蘭大叔也是這麼告訴我的。」派西笑著說，「他說，未來是不確定的，過去也是不確定的，唯一確定的，只有現在。」

阿卡隱隱約約覺得，派西的夢境彷彿有什麼不對勁。

是因為裡面沒有他，還是因為裡面沒有黑石？

那天遇見飛洛時，如果沒有他們兩個，說不定飛洛最後的下場確實會被抓回機械之城去。

「還有呢？」阿卡問道。

派西想了想，回答他：「在你身邊的時候，我也常夢見一些怪事，有時候是一個少年，在操作一些古怪的機械裝置……我不知道那是什麼。我們在船上渡過大海的那一天，我還夢見我們就像今天這樣，坐在聖殿裡，和摩蘭大叔一起吃午飯。」

「有關於黑石的嗎？」阿卡想到他們即將執行的那個任務，它充滿了不確定性。

「沒有。」派西說，「我的夢境裡，沒有出現過他，但有一次，在我醒著的時候，聽到過兩個聲音，我覺得應該是你們……」

「說什麼？」阿卡問。

「好像是關於大飛船的事。」派西說，「一個母艦，和『父』，還有一個叫李布林的人。」

「李布林將軍?!」阿卡問道，「我們居然距離這麼近嗎？」

派西搖搖頭說：「我不知道。那個聲音聽起來像你，又不太像你，有點沙啞，還有電子的聲音。」

「電子的聲音？」阿卡更不解了。

「我做的夢，大多是支離破碎的，現在也有很多片段想不起來了。」派西神情變得憂鬱起來，「其實我最擔心的是爸爸。」

阿卡連忙安慰道：「沒事的，他已經逃過了那一次死亡，不會再有危險了，你後面還有夢見他嗎？」

派西想了想，答道：「沒有了。」

「那就好。」阿卡鬆了口氣，「那你還有夢見什麼嗎？」

「我常常做一個夢。」派西說，「夢裡是一片發著光的藍色海洋，有個人走進了那片海洋裡。」

「然後呢？」阿卡緊張地問道。

派西倚在阿卡的肩膀上，問：「你知道那片藍色的光是什麼嗎？」

阿卡屏息，他知道，沒有人比他更清楚了。

「那是『父』的意識。」阿卡說，「有後續嗎？進去以後，藍光怎麼樣了？」

派西小聲答道：「後來，那個人就再也沒出來了。有一座很高的尖塔倒塌了，機器人全部癱瘓了，一場大火燒毀了整座城市……後來又下雨，澆熄了火焰，草和樹從廢墟上長出來……還有很多人類，他們走出地底，回到了大地上。」派西道。

「那個人，長什麼樣子？」阿卡緊張道。

派西抬頭，蒙著布條的雙眼朝著阿卡。

「是不是一個黑髮黑眼、高高的……身材很好的男人……？」

「不是。」派西答道，「因為他的身影很模糊，我很難確定他的身分。你說的人，是黑石嗎？」

阿卡點點頭，連聲音都有點發抖，「黑石要去面對『父』，結束這一切，我很怕他會犧牲自己……不知道為什麼，我總覺得他已經做好不再回來的準備。」

「不，那個人不是他。」派西微笑道，「阿卡，不要擔心，我雖然沒有見過黑石，但我覺得那個人應該不是他。因為我的夢裡，從來沒有出現過黑石，你知道嗎？就算是在生化人和人類打仗的那天晚上，我做了個夢，夢見摩蘭大叔來救我們的時候……」

「所以是那個夢境提醒了你嗎？」阿卡笑道。

「是的。」派西答道，「醒來後，我就給摩蘭大叔發了電報，我還夢見我們上了他的飛船，但登船的人裡，仍然沒有黑石。」

阿卡沉吟許久，忽然間意識到了一點不妥。

「走進藍光裡的人，是一個陌生人嗎？」阿卡問。

派西沒有說話，阿卡瞬間就明白了。

阿卡頓了頓，問道：「那個人，是我，是嗎？」

派西蒙著雙眼的紗布被淚水浸濕，他抱住阿卡，阿卡在那一刻，什麼也說不出來了。

「如果犧牲自己，能讓大家活著。」派西答道，「阿卡，你會去嗎？」

阿卡靜了很久很久，他抬起手，摸了摸派西的頭，答道：「我會。」

不知道從何開始，他對死亡的恐懼已不像當初那麼嚴重了。

經歷了與黑石一起逃亡的過程後，他所看見的一切，無不顯示著世界所剩無幾的生命力。

如果讓他選擇，他不願活在這樣的世界裡，寧願在離開之前，留下一個美好的世界，就像一直以來希望的那樣，讓繼續活下去的大家，快樂一點，享受美好的生活。

「我也會，」派西笑著說，「只要爸爸過得好，我就願意。」

阿卡想起了黑石，心裡一陣抽痛。

「可是沒有了你，他不會過得好的，幸好那個去犧牲的人不是你。」阿卡答道。

派西反而道：「我覺得我的夢境往往容易出現變數，摩蘭大叔和我見面以前，我一直覺得自己是個給人帶來惡運的人。但是我漸漸地發現，夢境昭示著的未來，是可以改變的。」

「因為你的夢裡沒有黑石。」阿卡答道，「現在我相信，未來是可以改變的了。」

「希望吧。」派西欣然道。

飛洛沿著走廊匆匆過來，問：「你們在說什麼？」

阿卡起身，派西便不說話了，飛洛張開手，抱著派西，摸了摸他的頭，問：「眼睛會不舒服嗎？」

派西搖搖頭，笑著道：「不會，只覺得涼涼的。大叔說過幾天，就會幫我做手術，他說做完手術後，我就看得見了。」

飛洛點頭，看向阿卡說：「阿卡，教皇陛下有話想對你說。」

既然有人照顧派西，阿卡就直接離開了。

走了一小段路，他遠遠地回頭看了一眼，只見飛洛抱著派西，兩人坐在欄杆前，對著花海小聲說話。

即使自己走完了這一段路，就要與「父」同歸於盡，能讓所有人快樂地活著，也是值得的吧——就像派西和飛洛這樣。

阿卡走進教皇的書房，看見摩蘭正在調配一瓶藥水，黑石則站在一旁，抬頭審視書架上的書。

「……這趟旅途確實相當令人擔憂。」摩蘭只是朝阿卡一點頭，解釋道：「我想不管是誰，都無法改變已經註定的命運，確實令人難以接受，這是一場不愉快的經歷。」

黑石答道：「改變了命運會怎麼樣？」

摩蘭道：「一旦改變命運，當你們回來的那一刻，就會發現蝴蝶效應引發的所有後果……或許龍喉城已成一片廢墟，又或許……我已經死去了。」

阿卡莫名其妙，聽著兩人的對答，隱約感到一絲不妥。

黑石轉頭看了看阿卡，改變話題道：「阿卡來了，你想告訴他什麼？說吧。」

「阿卡，請坐。」摩蘭道：「你記得來到這裡時，提到過的你的難題嗎？」

此時阿卡仍在回想派西告訴他的夢境預言，他不知道如何向黑石開口。

如果派西的夢境將成為事實，也就是說，在「父」隕滅的那一天，黑石重啟了整個星盤時，自己將與「父」同歸於盡。

聽到派西說的時候，他的心情相當鎮定，覺得沒什麼大不了的，這樣死去，至少比起在機械之城中遭到機械衛兵不分青紅皂白的屠殺要好得多。

然而不知道為什麼，看到黑石的那一刻，他心裡又有點難過，隱隱約約生出幾分不捨。

「怎麼了？」

黑石注視著阿卡，發現了他的異狀。

「沒什麼。」阿卡勉強搖頭笑道，他的眼眶有點酸痛，朝摩蘭道，「我們只找到兩段進入中樞系統的代碼，還有一段，在李布林將軍的身上，但是李布林已經死了。」

摩蘭點了點頭，阿卡又問：「我想龍喉城中或許有備份？」

說到這裡時，阿卡心中微微一動，摩蘭既然早就在革命時去過一次機械之城，是不是他的手裡也有代碼備份？

他期待地看著摩蘭，然而摩蘭早已猜到了他的心思，微笑地看著阿卡，說：「很遺憾，讓你失望了，雖然我已經從派西的夢境裡知道了那場總動員將失敗，但我沒有獲得李布林將軍的任何備份。」

「啊……是嗎……」阿卡黯然道。

「容我先問兩位一個問題，」摩蘭的神情嚴肅起來，「如果要結束這一切，兩位必須分開，甚至死亡，你們願意嗎？」

黑石看著阿卡，帶著詢問的目光。阿卡有點茫然。

摩蘭又道：「重啟星盤，可能……僅僅是可能，將令你們遭遇不測，不僅會更改未來，更有可能是改變過去。」

黑石答道：「我聽阿卡的，他懇求我給你們人類與生化人一個新的世界。阿卡？」

「我……」

阿卡眼眶通紅，聽到這句話時，他無法再控制自己的悲傷了。

他走上前去，緊緊抱著黑石，把頭埋在他的肩頭，低聲抽泣。

摩蘭朝阿卡走去，就他倚著黑石的姿勢，安撫似地摸了摸他的背。

「好吧，我知道了。」摩蘭輕聲道，「看來你還沒準備好，再休息一天吧，我們的時間還有很多。」

「三天後就要發起總攻擊了是嗎？」阿卡擦去淚水道，「我願意的，可以。」

摩蘭看著阿卡，彷彿早就知道他會這麼回答。

「世界將銘記兩位的付出，」摩蘭單膝跪下，沉聲道，「人類之子，請容許我表達我最高的敬意。」

「陛下千萬別這麼說。」阿卡連忙扶起摩蘭，「有什麼方法能拿到李布林將軍的那一段代碼嗎？」

摩蘭回到書桌前，解釋道：「如你所知，造物主的實驗室資料流失後，一人製造出了『父』與機械之城，一人建立了生化人國度，還有一人，則建立了星辰聖教。」

阿卡答道：「是的。」

「星辰聖教的第一任教皇，同樣也帶回來了造物主之心中的一部分設施，我們稱它為潮汐之願。」

「那是……什麼？」阿卡茫然問。

「實際上在我們的宇宙裡，時間不是一直向前的，基本粒子無處不在，它們的往復震動會產生一股能量，這股能量推動所有的物體經過時間，從而到達彼岸……我想或許讓你先看看這個，你會有點概念，兩位請跟我來。」

摩蘭按下書架上的一個按鈕，一道暗門緩緩開啟，摩蘭帶著他們穿過幽靜的迴廊，走向地底。

這條路與龍喉城教廷所有輝煌的建築格格不入，大相徑庭。

旋轉的扶梯通往地底深處，摩蘭摘下自己的教皇項鍊，那是一個發著光的五角星，它照亮了三人面前的一小塊地方。

「這裡是教廷的禁地。」摩蘭解釋道，「只有用引燃星辰的鑰匙，才能進入此處。」

隨著他們經過第一段階梯，黑暗裡，漫天繁星亮了起來，星辰布滿寂靜的黑暗，猶如在天鵝絨上閃著光的寶石，繼而閃爍湧動，朝著他們投射來白色的光芒。

阿卡瞇起雙眼，答道：「這是致死的雷射。」

「是的。」摩蘭答道，「第一任教皇布置了此處，請你們緊跟在我身邊，一切盡量小心。」

阿卡看見旋轉的射線錯落掃來，投向他們身上。然而摩蘭的項鍊卻有著奇異的力量，將雷射光束盡數偏轉，形成一個溫暖的金色護罩，把光束一一擋了下來。

在阿卡眼中，雷射陣雖然縝密複雜，卻未必不能通過，黑石主動牽起他的手，說：「這個雷射陣有漏洞。」

「只是對於你們來說而已。」摩蘭彬彬有禮道，「阿卡的雙眼能看見世間所有的結構，卡蘭博士給他的那一針，令他成為進入星球中樞的祭品，萬事萬物都在他的意識結構中。」

阿卡猛地一震，心道原來是這樣。

「祭品……」阿卡喃喃道，「也就是說，我是神的祭品？」

「聖子的祭品。」摩蘭答道，「你和黑石的牽絆，有著冥冥之中的聯繫，他因你而甦醒，同樣也……」

「這就夠了，教皇。」黑石打斷了摩蘭的話。

摩蘭笑了笑，阿卡卻想知道摩蘭後面的話，朝黑石道：「讓他說完！」

黑石握著阿卡的手指稍緊了緊，望向他的眼神中帶著責備，阿卡便只得不再說話。

摩蘭道：「以後會告訴你的。現在讓我們來看看潮汐之願，我相信你能看出它的作用。」

摩蘭停下腳步，他們已抵達了雷射陣的中心，走進某個範圍內時，漫天星光在一剎那間全部消失了，現出四周的牆壁，牆壁中亮起潔白的光。天花板、地面，全部泛起了乳白色的光，就像一個沒有任何設施的白房子，三百六十度的光線無處不在，團團籠罩了他們的身體。

房間中央只有一具營養艙，那具營養艙是嶄新的，阿卡驚訝道：「這是黑石他抵達海岸時的營養艙！」

「是的。」摩蘭道，「你再仔細看看，完全一樣嗎？」

阿卡躬身檢視營養艙，看到營養艙外有一個閃亮的銘牌，上面刻著「黑石Z9925」。

「我確定，完全一樣。」阿卡把手按在營養艙的蓋子上，「黑石，這就是他的名字。」

黑石答道：「我本來並無名字，是阿卡根據艙體上的標誌，幫我取的名字。」

阿卡注視著營養艙，一瞬間營養艙的細部結構呈現在他面前，氧氣供給，休眠設施，以及電子迴路，這個營養艙使用的是人類尚無法掌握的物質與反物質能源，足夠供應艙內生命數十萬年所需。

但遺憾的是，它的能源已被取盡，無法再運轉了。

摩蘭解釋道：「第一任教皇乘坐它離開了遠古之心，從地底的熔岩隧道出發，經過深海而進入東西大陸的海床，最後被帶到海岸邊。」

摩蘭將五角星項鍊按在營養艙的外蓋上，艙口緩緩打開，現出在裡面安詳沉睡的一個小男孩。

阿卡瞪大了眼。

黑石也有點意外，問：「他就是……」

「是的。」摩蘭道，「他就是第一任教皇陛下，已經去世多年了。」

小男孩容貌依舊栩栩如生，手中握著一枚戒指。摩蘭先是在營養艙旁單膝跪下，低聲禱告，再從他的手中摘下那枚戒指，闔上營養艙。

而後，摩蘭把戒指交給阿卡，阿卡沉吟不語，拿起戒指，對著光線端詳，這枚戒指內具有極其複雜的結構，令他生平第一次覺得頭昏腦脹。

戒指中的能源迴路全依賴著上面鑲嵌的寶石而往復運作。

「就像有生命一樣。」阿卡喃喃道。

「是的。」摩蘭贊許地點頭道，「在這裡面，存在著一座城市。」

黑石微微蹙眉，阿卡驚訝地說：「居然有這麼多生命，存在一塊寶石裡？」

「它們是一種和人類完全不同的生命形式。」摩蘭摘下五角星項鍊，又說，「或許是造物主創造出了寶石裡的世界，並將它留在我們的大陸上，這枚寶石裡有太多奧祕，是我們無法窺探的。」

「這個寶石中間，有一種……一臺……」阿卡凝視那枚鮮紅色的寶石，寶石中有道裂紋，細看時才發現是一座奇異的建築。

「發射器，」阿卡喃喃道，「一座粒子發射器。」

摩蘭笑了笑，點頭，阿卡把戒指還給摩蘭，說：「一種螺旋粒子發射器，能令粒子在其中圍繞高塔產生自旋。」

把戒指收好後，摩蘭帶著他們離開了地底空間。

回到摩蘭的書房，阿卡想了想，提問道：「只有發射器又有什麼用呢？需要有另一個完全相同的接收器，才能彼此呼應，形成能量跳躍。還是說這個世界上，還有另一枚與它完全相同的戒指？」

摩蘭笑了起來，似乎很滿意阿卡的推測。

「你猜對了，這枚戒指發射出的能量，能讓另一枚完全一樣的戒指接收到。」

「但我想不出這跟我們獲得李布林的那段代碼有什麼關係。」

摩蘭答道：「阿卡，世界上沒有什麼東西是完全一樣的，尤其是在微觀的世界裡，與它結構完全相同的，只有它自己。」

阿卡瞬間就明白了，他驚訝道：「過去的它！」

「是的。」摩蘭點頭道，「利用它的能量跳躍，讓你們回到過去，還記得在船上，我們認識的那一刻嗎？」

阿卡馬上想起來了，初認識摩蘭的時候，他的手上似乎也戴著一枚戒指。

摩蘭解釋道：「早在一年前，離開龍喉城，前往東方大陸的那一天，我不放心讓聖物留在教廷內，便隨身攜帶著這枚戒指。戒指的力量能有效定位它自己，把現在的你們傳送到過去，再找到過去的李布林，獲得他的那段代碼。」

再誇張的話語也無法形容阿卡此刻的震撼心情，他久久不作聲。

而後，摩蘭又說：「現在我需要與戒指裡的生命進行溝通，確保它們願意把你們送回去。在這一天裡，不如你和聖子大人先休息下，如何？」

黑石問：「什麼時候開始執行任務？」

摩蘭想了想，答道：「我們的時間還有很多，畢竟處於過去的時間流裡，是不會被計入現在的時間的，你們可以在最後一天的凌晨出發，但我並不建議這麼做。當然，今天也不宜出發，今天是春暮節，是萬物生長之夜，我建議你們可以在城裡走走。」

黑石思索了一下道：「那就明天吧。」

摩蘭欣然點頭，做了個請的手勢。阿卡腦海中一片空白，無論如何也想不到，摩蘭居然是用這樣的方式，來為他們解決問題。

黑石跟在他身後，阿卡走著走著，在長廊中停下，抬眼看著黑石。黑石依舊是那冷淡的表情——無論對待誰，聽見什麼事，都是這張臉。

「不想去嗎？」黑石問道。

阿卡沉默許久，上前抱住黑石，依戀地伏在他身上。那一刻黑石的眼光變得與以往不再一樣，複雜的情感聚集於眼中，他低頭似乎想說什麼，卻又無從表達。

最後，他只是把手放在阿卡的頭上，就像飛洛安撫派西那樣。

「發生了什麼事？」黑石問道，「你從剛剛開始，就有點心不在焉的。」

阿卡尋思許久，答道：「不，沒事。」

他勉強笑了笑，黑石問：「你怕回到過去會有危險？」

阿卡說：「摩蘭大叔說，怕我們會遭遇不測。」

黑石嘴角微微翹著，他彷彿在掩飾什麼，說：「你既然害怕不測，就不應該答應他，不是嗎？」

「這完全不是解答的辦法好嗎?!」阿卡簡直是什麼離愁別緒都沒了。

黑石又一本正經地說：「這不像你。」

「不像我？」阿卡有點啼笑皆非，問，「我是怎麼樣的？」

黑石走過阿卡身邊，側頭看了他一眼，「那天，你在人群裡站出來，還記得嗎？」

阿卡與黑石面對面地站著，黑石的目光如此熟悉，卻不復那一天他站在臺上，被機械警衛用槍抵著腦袋時的神情。

「記得。」阿卡笑了起來。

黑石漫不經心地以拇指指了指自己，又以食指戳了戳阿卡的肩膀，說：「相信我，也相信自己。」

阿卡的愁緒一剎那煙消雲散，他笑了起來，說：「好的，黑石。」

Chapter.13
神恩之夜

這天傍晚，阿卡收拾好東西，帶著個小包包，朝躺在床上的黑石問：「教皇說今天是個節日，我想出去逛逛，要一起嗎？」

黑石沉默片刻，最後點了點頭，阿卡便與他出去遊覽龍喉城。

龍喉城與鳳凰城有極大的區別，所見之處都是人類。摩蘭給了阿卡一筆錢，阿卡便在此處買了一些自己喜歡吃的東西。他很喜歡吃這個大陸上的奶油煎餅，但在鳳凰城內總是覺得太貴，常常買給派西吃，自己卻捨不得吃。

他在攤前買了煎餅，口水都要流下來了，遞給黑石時，黑石只是莫名其妙地看了一眼。

阿卡站在攤前狼吞虎嚥地吃著東西，還有新鮮的水果，夕陽灑在長長的街道上，他覺得如果以後每天都能過上這樣的日子，實在是太幸福了。

黑石道：「你很喜歡和你的同類待在一起。」

「這叫喜歡熱鬧，」阿卡笑著解釋道，「我曾經想過，等你回到鳳凰城，一定要和你到處去逛逛，鳳凰城其實也不錯，雖然沒有龍喉城好。」

黑石戴著一副墨鏡，與阿卡並肩走著，經過市集，沿街有不少叫賣貨物的小販，阿卡停下好奇地觀望，給派西買了點東西。

「你喜歡這樣的生活嗎？」阿卡問道。

「還好。」黑石想了想，答道，「你喜歡他們，是因為你和他們一樣，但我和他們不一樣。」

黑石今天的話似乎多了不少。

阿卡笑著解釋道：「如果你把自己當成人類，說不定也不會再覺得寂寞了。」

「或許吧。」黑石以奇怪的表情看著路邊賣花的女孩，彷彿想不通他們為什麼要把野外生長的植物生殖器摘下來，再收取一定的費用賣給自己的同族。阿卡買了一個小小的調音器以及訊號發射機，抬頭時看見黑石正在打量賣花的女孩。

那女孩被黑石看得臉上微微暈紅，卻笑道：「先生，需要買束花嗎？」

黑石答道：「不。」

阿卡心想，真是個無趣的傢伙。

他正在與那老闆討價還價時，黑石又在另一個攤子前單膝跪地，那是市集上賣手鍊的一個攤子。

「需要嗎？先生？」老闆笑著說，「只要七枚銀幣！」

黑石拿起一條手鍊，對著夕陽看，阿卡擠過來問：「你想要這個嗎？我有錢，我買給你吧。」

黑石擺手，從夾克口袋裡掏出一個小盒子，打開盒子時，裡面插著長短不一的數枚黃金子彈。

「我用這個和你換。」黑石答道，「我只要一條。」

老闆解釋道：「這是雙子手鍊，是一對的，不單賣！」

黑石充耳不聞，依舊道：「我只要一條。」

看著老闆跟黑石毫無交集的溝通，阿卡無奈地說：「都要了吧，另外一條給我。」

黑石看了阿卡一眼，便把黃金子彈扔在攤位上，拿起兩條手鍊，把其中一條扔給阿卡。

阿卡覺得黑石的性格實在是太奇怪了，希望他多和人類相處後，能漸漸改變一點。

兩人都不認識路，也不知道該往哪裡去，便一前一後地在市集上走。當夕陽在遠方的群山中留下一抹淡紫色的光影時，市集喧譁得無以復加，龍喉城的商業街上亮起了縱橫交錯的彩燈，人越來越多，阿卡只得牽著黑石的手，才不至於走散。

阿卡忽然想到，黑石似乎不太喜歡與太多人打交道，更別說在這裡擠來擠去了，忙問道：「對不起，你不太喜歡熱鬧喧譁的地方是嗎？」

黑石摘下墨鏡，看了阿卡一眼，答道：「不會。」

阿卡提議道：「不然我們還是回去吧。」

黑石腳步不停，答道：「真的不會，你喜歡待在這裡，我沒有關係。」

阿卡滿頭黑線，又問：「那……你有想去看看的地方嗎？」

「沒有。」黑石迅速地回答了。

「……」

阿卡其實很嚮往這種溫馨的街景，令他有種美好而富有生命力的感覺，但黑石明顯對這一切沒半點興趣，只是在陪自己逛街而已。

「你不能這樣。」阿卡說，「萬一未來我們不在一起了，你要怎麼生活？」

黑石的眉頭皺了起來，似乎是第一次想到這個問題。

阿卡又笑著說：「只要活在世上，總要和人類打交道的，不是嗎？我覺得你總是不喜歡他們。」

「不。」黑石答道，「人類對我來說，和樹木、鳥類，或者昆蟲差不多。」

「所以這是不對的。」阿卡揚起笑容，「你其實也和人類一樣，不是嗎？」

「……隨便吧。」

阿卡真是敗給他了，「你餓了嗎？要不要去吃晚飯？」

黑石總是一副無所謂的樣子，卻比他們剛認識時溫和多了，至少身上不會總是帶著生人勿近的戾氣。

阿卡找到一家在平臺上的餐廳，和黑石坐下來。

「想吃什麼？」邊看菜單，阿卡邊問。

「隨便。」黑石望著外面五光十色的街景出神，想也不想就把點菜的問題丟給了阿卡。

阿卡也不太清楚什麼好吃，只得點了兩份一樣的餐點。

從前在鳳凰城裡一直想在餐廳吃飯，卻一直很窮，沒什麼機會。他常想，等黑石來了，一定要帶他出來看看人類的世界，經歷一些他從未經歷過的事。

現在總算完成了願望，卻是在這樣一個既無奈又好笑的情況下。

侍應為他們端上酒，點起蠟燭，阿卡用刀叉開始切牛排，黑石看了一會兒，直接伸手拿起整塊牛排，像吃餅乾一樣咬了一口。

「……」阿卡看著他豪邁的動作看傻了眼。

「怎麼了？」

阿卡示意他放下，再用刀叉幫他把牛排切成小塊，黑石便一邊看外面，一邊漫不經心地拿起小塊牛排，放進嘴裡咀嚼。

阿卡道：「有時我總是很好奇，你經常不說話，是在想什麼呢？」

「想你剛剛告訴我的。」黑石說。

「我在你的眼裡，不是也和一棵樹、一隻鳥沒什麼分別嗎？」

黑石側過頭，看了阿卡一眼。

彷彿從他眼神中得到了回答的阿卡，洩氣地道：「好吧。」

阿卡一直以為自己對黑石來說是不一樣的，畢竟從那天在海裡發現了他，他們便一直在一起，走了這麼久，黑石對其餘人的態度，彷彿也和阿卡不一樣。

阿卡認真道：「對於神之子、救世主來說，我倒是不奢望和花草樹木有什麼不一樣的待遇……我只是覺得，有一天我可能會死。」

這時，黑石開始正眼看阿卡了。

「會死，是的。」黑石點頭道。

「嗯……我不太清楚你的身體構造，可能以你的身分來說，你是永生的？」

黑石想了想，答道：「不知道。」

「如果你不試著交交朋友，那……在我死了以後，就沒有人照顧你了。」阿卡有點同情地說，「或如果我病死了，或是……犧牲了。我是沒關係啦，死了就死了，但你可能會覺得有點寂寞。」

黑石以同樣的同情口氣回說：「你應該先照顧好你自己。」

阿卡真想把餐巾摔在地上，不和他玩了。然而想到黑石確實對人類的感情很遲鈍，當然也不懂人與人之間的羈絆，最後想想，還是不跟他計較了。

黑石滿手牛排的醬汁，吃到最後說：「不吃了，味道太奇怪了。」

「這味道簡直是不能再好了好嗎？」阿卡說。

黑石看著眼前透著紅色的牛排，道：「我不喜歡吃生的。」

阿卡看到牛排有七分熟，問：「這樣味道很好啊，為什麼不吃七分熟？」

「生的就意味著生命還留在上面。」黑石答道。

阿卡有時候真不知道黑石到底是什麼邏輯，他說：「不吃給我，別浪費了。」

黑石便以手指捏著一塊牛排，餵進阿卡嘴裡，阿卡正要起身結帳，吃了這塊牛排，吸吮了下黑石的手指舔掉醬汁，那一刻黑石的動作頓有點僵。

「你……」黑石的呼吸倏然間急促起來。

「我去結帳。」阿卡說。

黑石的神色有點不對，像是在發怔。阿卡莫名其妙，以手在黑石面前揮了揮，黑石馬上回過神，手指一搓，打了個響指。

阿卡莞爾道：「你還會這個？」

黑石答道：「我看灰熊他們都是這樣的。」

結完帳離開餐廳，街道上的人群更擁擠了，將近好幾萬人都到這條街道上來了，彷彿要參加什麼盛大的典禮。夜空下傳來悠揚的笛聲，那是一首非常有名的古曲目《牧者之春》。人們在音樂下載歌載舞，跟隨人潮，朝著教廷前的巨大廣場湧去。

「飛洛——」阿卡喊道。

飛洛的個子很高，派西騎在他的肩膀上，派西還蒙著雙眼，想必飛洛是害怕派西被人擠著，才讓他騎在肩膀上。

「阿卡！」派西敏銳地聽見了阿卡的聲音，喊道，「你在哪裡？」

他側過耳朵，辨認出了阿卡的方位，兩邊相距相當遙遠，阿卡忙道：「背我，黑石！」

黑石無奈側過身，阿卡便爬到他背上去，喊道：「飛洛！你們也來了！」

飛洛扛著派西，答道：「別過來！阿卡！人太多了！」

人越來越多，黑石背著阿卡，被人群推擠著，不由自主地朝前走，抵達星辰聖教中心的廣場上時，燈光全部熄滅了。

阿卡驚訝地喊了聲，小聲道：「放我下來，黑石！」

黑石將阿卡放下，與他牽著手，站在廣場邊緣。

緊接著下一刻，天空中亮起一道浩瀚的銀河，人群大聲歡呼。聖殿外彷彿有種奇異的魔力，星辰旋轉，形成各種各樣的圖案，接著又黯淡下去。

「我的子民，春暮節快樂。」摩蘭在高臺上現身，雙手按著欄杆，朝下面道。

「願風吹日曬，雨淋雷鳴，這片大地上所有的生靈，都得以成長……」

「願雲彩聚散，就像我們的生活……」

所有人從懷中取出小小的杯子，杯子裡點起蠟燭，廣場上靜謐無聲，只有摩蘭的聲音在優雅的樂曲聲中迴響。

「願生命欣欣向榮……」

摩蘭低聲禱告，廣場上千千萬萬的燭光，映照著所有人的臉龐，他們抬頭看著教皇。

阿卡左看右看，剛剛沒有買蠟燭來參加這種盛大的儀式，實在是失策了，黑石卻道：「抱著我，阿卡。」

「什麼？」以為自己聽錯，阿卡沒有動作。

黑石直接拉過阿卡的手環住自己，緊接著嘩啦一聲，黑石抖開背後的金屬羽翼，飛上天空，在聖殿上一個盤旋，輕飄飄落下，與阿卡坐在高處的欄杆上。

「太漂亮了！」阿卡讚嘆道。

從這個不高的建築上朝下看，燭光成海，摩蘭站在星辰的光芒中，低聲禱告。

「嗯。」黑石隨口答道，把一腳架在欄杆上，看也不看下面，低頭把弄著剛買回來的手鍊。

摩蘭的聲音遠遠傳來，阿卡聽了一會兒，便把注意力轉移到黑石的手鍊上去，他發現黑石正在把一片黑色的東西努力地鑲嵌到手鍊上。

「你想裝飾它一下嗎？」阿卡問。

黑石頭也不抬，含糊地應了一聲。

「這片東西是哪裡來的？」阿卡湊上前去看，見黑石修長的手指中拿著一枚像黑曜石一樣的結晶，似乎是他展開飛翔的黑鐵羽毛的形狀。

「讓開點。」黑石說，「你擋住光線了。」

「……什麼嘛。」阿卡咕噥一聲，還是乖乖地站到旁邊去了。

阿卡看了一會兒，遠處摩蘭的祈禱聲已聽不清楚了，便也從隨身的小包裡拿出手鍊，用簡易的焊接器，把一個鈕扣大小的訊號發射器焊在手鍊上。

「借我用一下。」黑石道。

阿卡只得把焊接器借給他，黑石的手指抵著焊接器，直接開啟電焊，阿卡道：「小心！」

阿卡甚至都聞到燒焦的氣味了，忙拉開黑石的手，發現他的食指被燙出一道黑色的痕跡，忙放在自己嘴裡吸吮，黑石頓時又是一怔，繼而有點不自然地要抽回手指，阿卡卻不放。

片刻後黑石抽出來，臉色有點發紅，問：「這是人類的什麼表示嗎？」

「不，只是因為你受傷了而已。」阿卡道。

「我會自己癒合。」

阿卡怒道：「那也不能這樣啊，你不痛嗎?!」

黑石示意阿卡看他的手指，已經癒合如初，阿卡實在是敗給他了。

「裝好了。」黑石像個小孩，滿意地看著自己做出來的銀色手鍊，似乎有點意外，「我居然也會創造。」

阿卡沒好氣道：「當然啊，創造是誰都會的事。」

「只有你們人類才會創造。」黑石答道，「除了人類外，其他物種是不會創造的，所以造物主才一直在尋找，具有創造力的生命。」

「是嗎？」阿卡隱隱約約察覺了什麼，又問，「別的生命都不會嗎？」

「需要被賦予，或是自發地產生某種契機。」黑石又望向廣場中，答道，「我也不知道那是什麼，父神從未在我的記憶裡留下過這個訊息，或許連他也不知道，智慧生命為何會擁有創造的能力。」

「因為愛情嗎？」阿卡問，「我在古代的詩歌和典籍上看到過，愛情能激發人的創造欲。」

黑石沒有回答，片刻後，摩蘭祈禱完了，人群歡呼起來，這個儀式似乎結束了，廣場上的光線再度熄滅。

「送給你。」黑石和阿卡幾乎是異口同聲道。

那一刻，阿卡與黑石的表情幾乎是同樣意外，阿卡拿著他的手鍊，而黑石拿著另一條。

阿卡忍不住笑了起來，黑石卻相當認真，拿著手鍊，朝他遞了遞。

阿卡說：「我幫你繫上它。」

他拉過黑石的手，把手鍊繫在他強壯有力的手腕上，然而就在這時，遠處響起一聲清亮的、劃破夜空的聲響。

一枚煙火拖著明亮的軌跡升上夜空，尖銳的聲音瞬間激起數萬人歡呼！

砰然巨響，煙火綻放，照亮了他們的臉龐，阿卡呆呆地抬頭看著夜空，欣喜若狂。

黑石把給阿卡做的手鍊繫好，兩人抬頭，看著夜空中一朵接一朵絢爛綻放的，五彩繽紛的煙火，阿卡喃喃道：「真美啊。」

煙火越來越多，占據了漆黑的長夜，天空閃亮猶如夢境，阿卡抬頭看著夜空，陷於那燦爛盛開的遐想中。

黑石卻不經意地側頭，看著阿卡的臉龐。

阿卡看了一會兒，發現黑石在看他，便也朝黑石笑道：「太美了！你以前看過嗎？就像……就像……」

「星辰分離，宇宙初生的畫面。」黑石答道，「父神給過我這個記憶。」

「是的！」阿卡激動道，「這比喻實在太貼切了！」

阿卡與黑石並肩坐著，照亮長夜的煙火在他們面前綻放，阿卡忍不住又轉頭注視著黑石。

「如果有一天，我們分開了，」阿卡低聲道，「你會捨不得我嗎？」

黑石注視著阿卡，似乎有話想說，卻沒有說出口。阿卡看著他黑色的雙眼，以及瞳孔中絢爛的、五彩繽紛的光芒，感覺就像一場盛大而繁華的舞臺劇。

他的心中微微一動，連自己也說不出受什麼念頭所驅使，他閉上了雙眼，感覺得到黑石輕微的呼吸。

這夜萬千煙火此起彼伏，足足長達一個小時，將龍喉城照耀得如同白夜。直到最後，一切重歸於寂，暮春的螢光鳥兒在城中紛飛縈繞，整座聖城漸漸入睡，四周一片靜謐。

教廷高處，阿卡倚在黑石身邊，睡著了。

翌日晨光熹微，黑石穿過走廊出來，飛洛在他身後停下了腳步。

「我不確定你能不能行。」飛洛道，「不過……加油吧，黑石。」

黑石轉過身，一身長風衣，戴著露指手套的雙手懶懶地插在口袋裡，這個時候，他伸出一隻手，手上戴著阿卡送他的銀手鍊。

「謝謝。」黑石沉聲道。

飛洛與黑石拍了拍手，手指緊緊一握。

「活著回來。」飛洛道。

黑石點了點頭，說：「我現在發現，當個人類也不錯。」

飛洛笑了起來，說：「你確實和從前不一樣了。」

黑石吹了聲口哨，轉身朝聖殿內走去。

同一時間，阿卡戴上帽子，從房間內出來，穿過走廊時，派西從一側跑出，緊緊地抱著阿卡。

「阿卡。」派西說，「一定要平安回來！」

阿卡緊摟著派西，他穿著襯衣與長褲，挽起的袖子前，赤裸的手腕上，戴著黑石給他的手鍊，那條銀色的手鍊中央被焊著一枚黑色水滴狀的寶石，發出微微的紫色光芒。

「你也加油。」阿卡低聲道。

和派西分開後，阿卡朝聖殿前走去，黑石正在那裡等著他。

幾個人走進聖殿，摩蘭正在聖殿中央等候他們的到來，伊戈爾主教關上了大門。

摩蘭道：「飛洛、沙皇與灰熊已被傳送過去。五分鐘後，為你們做標記，你們將被傳送到去年的十一月，抵達我的身邊，這個時候，距離生化人革命，還有三天，過去的我會協助你們進入機械之城。」

阿卡等待了許久，才等到這一時刻，心裡有種說不出的震撼。恢弘的大殿內，光芒落下，他和黑石站在摩蘭身前，彷彿即將舉行一個莊重而嚴肅的儀式。

阿卡深吸一口氣，點頭道：「我會盡力的。」

摩蘭又道：「因為過去的我並不熟悉機械之城內的地形，更沒有打開通道所需的各種行進口令，所以……一切都靠你了，阿卡。」

黑石問：「有什麼需要注意的嗎？」

阿卡道：「可以請過去的我和黑石協助嗎？」

「不。」摩蘭臉色微微一變，馬上道，「除了過去的我，你不能占有太多的存在，你可以回憶在逃出『父』的城那一天，你是否知道未來的自己回來了？」

阿卡馬上就明白了，自己並不知道這件事，也就是說，未來與過去的自己，根本沒有打過照面。

「你不僅不能向過去的你求助，」摩蘭又正色道，「甚至不能讓他看見你，必須繞開他，且提防一切可能會導致革命失敗的因素。你在過去所做的每一件事，都將引起一連串的蝴蝶效應，這個效應很可能導致現在的所有人，都脫離自己的軌跡。」

阿卡點頭道：「如果不小心被看見了，會怎麼樣？」

摩蘭嚴肅道：「很可能被殲滅，又或是兩股能量的逆流互相碰撞，直接毀掉整個世界。」

阿卡深吸一口氣，說：「我明白了，請開始吧……等等，不對！」

阿卡根據摩蘭的交代而推導出了某個必然的結果，現在的摩蘭標記了過去的摩蘭，他們手上都戴著這枚戒指，而阿卡和黑石回到過去後，將與過去的摩蘭會合……也就意味著，在這之前，摩蘭就知道他們回到過去的事！

「你在上船之前……就已經認識我了？」阿卡顫聲道。

「是的。」摩蘭微笑道，「在上船之前，我們就已經是朋友了。」

阿卡的驚詫簡直無以復加，他又問：「那我們的任務，成功了嗎？」

摩蘭道：「即使你們的任務註定會成功，也不意味著就不需要努力。相反，如果你失敗了，將引起時間的變動，或許所有人都會被毀滅，無論何時何地，你都要加油，阿卡。」

「我知道了。」阿卡答道，「請開始吧！」

「被送回過去的過程，可能會有點難受，撐住了，阿卡。」

摩蘭轉動戒指，一道光芒籠罩了阿卡，嗡一聲，阿卡頓時消失了。

聖殿內，剩下摩蘭與黑石面對面地站著。

摩蘭的戒指送走阿卡後便光芒暗淡，等待著下一次充能。

黑石沉默注視著地面，在這短暫的靜謐中，摩蘭開口道：「需要等待三分鐘才能將你送回去，聖子。」

黑石點了點頭，說：「會對阿卡的身體產生影響嗎？」

「很難說。」摩蘭道，「我也沒有嘗試過開啟潮汐之願。」

黑石抬眼看著摩蘭，摩蘭沉默片刻，而後微笑道：「我一直在好奇某件事，可以問您一個問題嗎？」

「說。」黑石只是言簡意賅地答道。

「根據星辰之書上的記載，當星盤培養皿將近被完全污染的那一天，造物主將派出聖子前來執行淨化……也就是說，您的任務其實是……」

黑石答道：「清除培養皿上的所有任務。」

摩蘭點點頭，繼續道：「是的，我在去年抵達東方大陸，見到您第一面的時候，就相當意外。按理說，父神在您記憶中留下的指令是殺死所有人，並結束這場實驗。」

「唔。」黑石答道，「有什麼問題？」

「是什麼令您……決定保護我們人類和生化人？抱歉，我無意打聽您的心事……」

黑石陷入了漫長的沉默。

聖殿內光影變幻，黑石抬起一手，剎那間所有光線彙聚，交錯織成一幅幅色彩絢爛的畫面。

鬱金香的花海前，月光透過窗櫺投入房內，黑石躺在床上，阿卡趴在他的身邊，笑著朝他說什麼。

「因為阿卡嗎？」摩蘭平靜地問道。

黑石沒有再說話，一手抹過身前，畫面瞬息萬變——

——聖城夜晚，千萬煙火在空中綻放，阿卡笑著遞給他一條手鍊。

——春暮節的黃昏中，阿卡站在街頭，狼吞虎嚥地吃著奶油煎餅。

——月光透過窗櫺投下，黑石躺在床上，阿卡趴在他的身邊，自言自語地說著什麼。

——鳳凰城晦暗的天空下，阿卡追著黑石出來，啟動他的推進器，在數十臺機械人守衛中，抱住了黑石的腰，帶著他一頭撞進了玻璃大樓中，爆出漫天碎片。

——鳳凰城的下水道內，阿卡虛弱地躺在黑石的懷裡，緊緊握著他的手。

——長夜裡，黑海猶如翻卷的巨獸的咆哮之口，黑石坐在礁石旁，獨自對著通訊器說話，風衣在海風中揚起。

——那一天在機械之城中，黑石站在高臺上，掃視臺下陌生的人類，所有人表情冷漠，眼中充滿了恐懼。

「等等！」阿卡大聲道，「是我！這個陌生人要找的人是我！」

摩蘭靜靜地看著這一幕，沒有說話。

——黑海潮起潮落，雲滅雲生，營養艙的蓋子開啟，阿卡驚訝的表情，小心翼翼地抱起了他。

——一片藍光，猶如浩瀚的海洋淹沒了他，阿卡孤獨的聲音走進了「父」的思維之海裡。

「我希望有個人陪陪我。」阿卡喃喃道，「讓我不那麼孤獨。」

黑石看了摩蘭一眼，沒有再說話，走進了藍光裡。大海般的藍光化為溫柔的紫色，摩蘭的戒指射出一束光，籠罩了黑石。

「因為我喜歡人類，人類中有像阿卡一樣的個體。」黑石答道，並朝摩蘭一點頭，摩蘭一手按在肩前，朝黑石鞠躬行禮。

黑石的身影在光線中漸漸淡化，消失。

——煙火此起彼落，在天空中繁華盛開，煙火下，阿卡閉著雙眼，黑石輕輕地擁抱了他。

Chapter.14
溯流之旅

天空密布著黑色的流雲，遠方傳來不安分的震盪聲，阿卡被雲層與閃電張開的咆哮巨口噴了出來。

「啊——」阿卡在狂風中縱聲吶喊。

「預備接受墜落撞擊！」灰熊的聲音道。

灰熊從萬丈高空張開雙臂，大大的身形出現在雲層下，飛速射向大地。

沙皇也射出了不穩定的時間裂口，肩上扛著一把巨炮，將瞄準鏡架上眉前，彷彿變了個人似的，一隻手仍插在風衣兜裡，頎長的身材猶如筆直的利劍，射向大地。

「撞擊倒計時，十二、十一……」沙皇從兜裡掏出一個小巧的金屬管，朝著灰熊一按機括，猶如蛛絲般的大網纏住了他。灰熊在空中轉身，大網呈現出流體的光澤，降落傘打了開來。

沙皇瀟灑一翻，飛向阿卡，阿卡被風吹得大叫，他完全沒有想到自己會從萬丈高空直墜下來。沙皇迎著陡峭的狂風，大吼道：「我抓住你了！」

風力幾乎無法抗拒，數次要將阿卡扯開，沙皇緊緊攥著他的手腕，拉著他。正要打開降落傘時，倏然間烏金的光芒一閃，黑石掠過身邊，阿卡已被帶走。

「啊——」阿卡大喊道。

「耳朵要聾了。」黑石冷冷道，「安靜點。」

話音剛落，黑石背後的金屬翅膀猛然展開，就像一臺滑翔翼，帶著阿卡飛向晦暗的天際。他們在半空中盤旋，山川、大地掠過腳底，遠方「父」的高塔上帶著電光與紫色的雲霧，形成一個漩渦。

那一刻，阿卡怔怔看著雄偉的「父」，它就像茫茫大地上對接遙遠宇宙的探針，又像一個漆黑的死神，成千上萬的智慧型機器人圍繞著它飛舞。

「備用格式化裝置拉貝爾，」黑石的眼中映出機械之城的景象，沉聲道，「它和我印象中的不太一樣。」

「是嗎？」阿卡側頭看著黑石，「哪裡不一樣？」

黑石只是嗯了一聲，沒有多回答，一個俯衝，飛向大地。

這裡是機械之城的西邊，沼澤平原上散發著神經毒氣，抑制所有意圖通過這裡的人，「父」的政權選址位於東海岸，正是為了防止人類逃離。

黑石抱著阿卡緩緩降落，天空中白色的降落傘猶如雪白的蒲公英，兩名傭兵飛向平原盡頭的森林裡，飛洛則打開了滑翔翼，尾隨黑石，盤旋而下。

阿卡看清了腳下的一個人，那是過去的摩蘭！

摩蘭的戒面朝向掌心，手掌再朝向天際，戒指中發出千萬縷奇異的粒子射線，與天空中的時間隧道形成了明亮的連接線。

「還有人嗎？」摩蘭頂著狂風喊道。

「沒有了！」黑石大聲道。

阿卡朝他道：「摩蘭大叔！」

摩蘭朝他笑了笑，點了點頭，不知道為什麼，阿卡看到過去的摩蘭時，只覺得對方親切中帶著一股詭異感。他們落下地面後，沙皇與灰熊則掛在森林邊緣的樹枝上。

半小時後，數人站在沼澤平原的一個湖邊，圍著摩蘭。摩蘭點完人數，認真道：「傭兵、生化人，還有來歷不明，帶著史前武器的戰鬥者，我想你的身分一定不尋常，還有這位……小朋友，各位是不是該自我介紹一下？」

「教皇陛下。」飛洛道，「我是李布林將軍麾下第二軍團少校，飛洛。」

摩蘭看著飛洛，點了點頭，「你曾是機械之城裡的人？」

「我從前的身分是臥底，」飛洛指指自己的頭部，「晶片促使我在生化人革命時，聯繫其餘的戰友。」

「我認識你，」摩蘭朝灰熊道，「主席，還有這位……百戰的沙皇。」

沙皇笑了笑，沒吭聲，灰熊點了點頭。

「我叫黑石。」黑石只是簡單地說道。

「阿卡。」阿卡笑著自我介紹道，他開始還有點奇怪，現在想起來了——從前的摩蘭顯然並不認識自己，直到他坐上開往西方大陸的船隻時，他們才第一次見面。

「我是一個普普通通的人類，」阿卡說，「來幫忙帶他們進機械之城的，因為我曾經在這裡住過。」

摩蘭笑道：「人類本身並不普通，我親愛的朋友，說說你們的計畫吧，我甚至連你們為什麼來到這裡也不清楚，只是接到了未來的我發來的通訊，李布林將軍會在後天發動總進攻，我想我們的時間應該還有不少。」

摩蘭背著手，在平原上慢慢地走著，灰熊與沙皇就像兩個保鏢似地跟在旁邊，飛洛向摩蘭大致解釋了事情經過，說到黑石的身分時，摩蘭忍不住多看了阿卡一眼。

「所以我是生化人政權的代表，」飛洛如是說，「安格斯將軍派我前來，協助完成本次任務。」

摩蘭沒有評價，阿卡道：「摩蘭大叔……不，陛下。」

「我很喜歡這個稱呼，」摩蘭笑道，「叫我大叔就行。」

阿卡問：「您到這裡來做什麼？」

「應李布林的請求，前來淨化『父』。」摩蘭坦然地答道，「他們讓我在此處等待，但是我想既然你們帶來了來自未來的最新消息，那麼這次革命，顯然結果已定。」

他抬頭望向天際，在這個時候，黑石還在休眠艙中沉睡，而阿卡正在機械之城的人類聚集地中休息。李布林未曾率領他的艦隊撞向『父』，一切仍有條不紊地進行著，呈現出異常的安寧。

阿卡想到在一天後，將有數十萬生化人，駕駛著他們的機甲、戰艦，飛蛾撲火一般地衝向「父」，並在這巨大的機械之城中葬身火海，有種說不出的難過湧上心頭。

就在這時，摩蘭轉過身，朝著黑石微微一躬，說：「請容我代表人類，向您表達感激之情，聖子。」

「不必。」黑石淡淡道，「我救你們，並非為了整個族群。」

飛洛、灰熊與沙皇都看著黑石，阿卡忍不住笑了起來，知道他無時無刻都是冷冰冰的樣子，多少令人感覺火大。

摩蘭說明道：「今夜我們需要在森林內部露宿，明天再伺機潛入。我直到現在，都沒有獲得城內的地圖，這部分晚點再來討論吧。」

夜幕降臨，森林深處篝火升起，摩蘭與灰熊、沙皇、飛洛、阿卡在一起坐著，準備食物。摩蘭帶了不少吃的，並大方地分給他們。阿卡告訴了他，從抵達鳳凰城與龍喉城後，在未來短短一年裡所發生的事。

黑石則在樹上吊兒郎當地坐著，背靠樹幹，從枝椏上伸下一腳，無聊地晃著。

「說完了？」黑石遠遠道，「你既囉嗦，又吵。」

阿卡以一句話作結束，起身道：「就是這樣，記得別告訴別人啊。」

數人都笑了起來，灰熊看著阿卡，又看黑石，說：「黑石，如果不是必要，我永遠不會選擇與你合作。」

飛洛隨口道：「他就是個流氓，什麼事都容不得別人的意見。」

「別這麼說。」阿卡走到樹下，又回頭朝他們道，「黑石是個很好的人。」

「我不是人。」黑石毫不在乎，懶洋洋地回道。

數人無語，黑石伸下一腿，讓阿卡抱著，爬上樹去。

「你不是個好東西。」飛洛說。

「你說得對。」黑石隨意道。

飛洛又道：「但是你現在像個人了，你應該感謝阿卡。」

在那一刻，阿卡發現黑石的表情似乎有著某種變化，彷彿是尷尬，他不再繼續這個話題了。

阿卡頓時有點驚訝，黑石居然會尷尬？

黑石只是假裝看不到，朝一旁挪了些許位置給阿卡坐。阿卡拿著摩蘭給的食物，分出大部分給黑石，黑石看了眼阿卡的雙眸，說：「你吃吧。」

「你吃。」阿卡說，「你都沒在鳳凰城過點高興的生活，你還沒嘗遍人類的美食呢。」

「美食。」黑石發現自己的思維總是和阿卡接不到一起，他本想嘲笑幾句，然而轉念一想，改為認真問道，「美食？」

「派西很喜歡吃街角那家新鮮出爐的椰蓉麵包。」阿卡想了想，又說，「對了，還有政治大樓門外的咖啡凍。」

黑石完全無法理解，畢竟對他來說，食物並非他的生存必需品。

「黑石，等到戰爭結束後，我帶你去一些地方好不好？」

「去哪裡？」黑石問，「又是去吃東西？」

阿卡白了他一眼，「不是。我從書上看到過，這個世界有很多險峻的山峰，有海島，有很漂亮的陽光，和看得到海底的清澈海域，有會唱歌的森林，和裡面奇奇怪怪的野獸，很多地方還有人，『父』的力量還達不到那裡。」

黑石漫不經心地以鼻子「嗯」了聲，作為應答。

阿卡吃完壓縮餅乾，把紙給黑石看，上面印刷著東部山脊後的清澈雪湖，說：「這是個好地方，我從小時候就想去看看了。」

「你是從教育資料上知道這些的？」黑石又問。

阿卡點點頭，「克蘭科斯老師，是教我們通識科目的人類老師，他死了以後，我們就只能自己讀書了。在機械之城裡的時候，我和幾個好朋友還約定，如果有機會出去，一定要到那些地方去看看。那些地方，曾經是人類的故鄉，神廟、山巒、大海，還有史前的建築……」

「我記得你有人類的朋友，」黑石道，「你在的地方，是個人類集中營。」

「集中營？什麼意思？」阿卡問道。

黑石沒有再說。

阿卡陷入了漫長的沉默。

「回去以後，我可以去看看他們嗎？」阿卡道，「和我同個生活區的小孩子們。」

黑石冷哼一聲，「只要時間足夠，隨便你。」

「那如果我救了他們，會怎麼樣？」阿卡提了個更近一步的問題。

「不知道，你應該去問摩蘭。」

阿卡看了遠處篝火前的教皇一眼，他心中忐忑，黑石卻猜到了他心中所想，說：「不問他，是因為你也知道，答案是不行。」

阿卡黯然不語。

「你救得了一個人，救不了許多人。」黑石如是說，「更救不了整個機械之城的人，『父』在此刻仍手握勝券，除非你為李布林摧毀『父』，但這是不可能的，因為在我們離開機械之城時，『父』並未被摧毀。」

「如果可以的話……」阿卡喃喃道，「我寧願在這次戰爭中……盡力去消滅『父』，這樣就可以阻止更多悲劇發生……」

「但是。」黑石直接打斷他的美好幻想，「世界就會崩毀，連著時空規則被打破，你最好慎重考慮，拿到開門代碼後，就直接離開，否則摩蘭也會受到你的牽連。」

阿卡不再說話了，他嘆了口氣，倚在黑石的懷裡，進入了夢鄉。第二天天亮時，黑石搖醒了他，摩蘭分了早餐，手中的一個通訊器嘀嘀作響，以不規則的密碼電報方式，來傳遞生化人的消息。

「我們挨近城牆以後，應該是在西城區。」阿卡以樹枝在地面畫出機械之城大概的輪廓，這個城市呈現出王冠形狀，其中的核心區域是數千年前的人類所建，中心點就是「父」的高塔。

「西城區從這裡到……這裡，」阿卡圈出了一大片範圍，說，「是機械生命體的聚集地。」

「等等。」灰熊道，「我無意打斷你，但是我得問問，我們要怎麼進去？」

阿卡茫然看著灰熊，又看摩蘭，數人都陷入了苦惱。

「你繼續說。」黑石打斷大家的思緒，「先別想進去的問題。」

阿卡只得解釋道：「假設大家已經進城裡了，我不管是怎麼進去的……現在我們在西城區，這裡是機械生命體的充能區，以及資訊交流、採集終端，外城聚集著大約二十萬的生化人，他們會為機械生命體提供各種各樣的服務，就像一個小型社區。

「沒有任務的機器人，會在西城區內部待機。為了節省能源，『父』有時候會喚醒它們。無論如何，我們不能從地面通過這裡，這是要避開的，但是沿著西城區外面走，有一個缺口。」

「是這裡嗎？」摩蘭指向阿卡畫出的一個點。

阿卡點頭道：「是的，這裡是零件裝配廠，由機器人守衛操控，裡面有一條傳送帶，把金屬板、零件等半加工品，通過鑄模場運過來，我們可以沿著傳送帶前往鑄模場，那裡是金屬礦石的提煉以及加工區。」

阿卡將線引向城北，說：「再從鑄模場外的地面，生物材料合成中心找路，到東區去。東區是人類的聚集地，抵達以後，就可以沿著中央升降機井，潛入地下管道，再等能源管道開啟時上到地面，在『父』的核心區域前等待李布林將軍。」

「說得很好。」沙皇道，「這個計畫聽起來不錯，條理分明且鄭重其事，雖然我的身分只是一個保鏢，你們怎麼潛入母艦我不管，但是我還想問問，怎麼聯繫上李布林將軍？」

灰熊與摩蘭望向飛洛。

飛洛道：「李布林將軍的藏身地點，是不會通知我們任何人的，否則很容易就會被『父』所截獲。但如果用我腦裡的晶片，可以在戰爭開始時聯繫上他。」

「嗯。」灰熊道，「然後一槍打死他嗎？還是讓他開個什麼裝置，讓你看到他的腦子，順便把晶片交出來？」

飛洛也想到了這個極其嚴重的問題，說：「或許可以讓他，複製一份晶片……」

黑石插話道：「我會負責這件事，而且很樂意，出發吧。」

聽了黑石的話，飛洛神情不悅起來，回答道：「這是安格斯交給我的任務，不用你插手。」

黑石示意他無須再說，數人拿起武器，摩蘭手持節杖，帶著他們穿越沼泥平原，開始潛入機械之城。這座城市的城牆並不高——畢竟大多數機械生命體都有著飛行的能力，而城牆的唯一作用，就是阻攔人類與生化人離開這裡。

「沒有哨兵。」灰熊在一棵大樹上監視著遠處，開口道。

「不。」阿卡站在樹林的縫隙中，靜靜看著橫亙萬里的城牆，「整個城牆，就是個巨大的哨兵。」

黑色的城牆紋路縱橫交錯，內裡彷彿鑲嵌著特殊的武器，阿卡走出了樹林，飛洛馬上道：「等等！」

阿卡擺手，示意無妨，在黑石的保護下走向城牆。在他的眼裡出現了極其震撼的神色，足有十公尺高的城牆一剎那分解為無數鋼鐵結構體。結構體再分解為單體零件，單體零件轉化為微粒，能量形成一條條明亮的線，在整座城牆內部流動。

「紅外線勘測。」阿卡道，「我們需要做點偽裝，沙皇，有射線干擾器嗎？」

沙皇扔過來一個小型反紅外線干擾器，那是裝在槍支上，在戰鬥中偽裝騙過機械生命體用的。阿卡便單膝跪地，在城牆外進行改裝。

片刻後，阿卡將帶著干擾儀的小型干擾器拋了出去，機器在空中劃出一道弧線，繼而嗡一聲地展開翅膀，在城牆上飛來飛去。阿卡帶路，在他的眼中，城牆已不再是單純的城牆，而是呈現出交織變幻的紅外射線網。

「跟著我走。」阿卡小聲道。

「你看得見陷阱？」灰熊問。

阿卡點點頭，一行人跟隨阿卡的腳步，排成一列隊伍，走向城牆。黑石抬頭道：「我沒有發現警衛，就算被城牆發現了又怎麼樣？」

「這裡的終端直接連接了『父』。」阿卡極低聲道，「千萬不要驚動它。」

城牆就像一隻休眠的怪獸，天空中飄起帶著石油氣味的細雨，阿卡找到缺口，示意黑石可以動手了。黑石便帶著繩索，攀上城牆，再把阿卡拉上來。

「飛上來要簡單得多。」黑石隨口道。

「你的翅膀範圍太大了，」阿卡說，「會碰到掃過來的勘測紅外線。」

「在什麼地方？」黑石道。

「無處不在。」阿卡看著地面，示意他稍等，交錯的肉眼不可見的射線正沿著地面掃來。

「好了！快！」

黑石將灰熊拉上來，緊接著一個一個都上到城牆了，轉身從另一側下去時，所有人站定。阿卡示意他們跟著自己，轉過一個拐角時，所有人都停下了腳步。

面前是一個偌大的廣場，廣場上整齊地排列著三公尺高的機械生命體，一排排在陽光下折射著烏金的金屬光芒，胸口處亮著紅點，正處於待機模式。

與此同時，許多小機器人正在方陣中穿梭往來，對大機器人進行檢修，機械生命體猶如蟻群一般忙碌著，灰熊與沙皇都震驚了。

「跟我來。」阿卡極低聲道，「只要不踏入它們的警備範圍，是不會被攻擊的，小心一點。」

一行人提心吊膽地沿著西區邊緣走，小型機器人就在他們身邊穿梭，彷彿隨時會抓住這群不速之客。黑石緊跟在阿卡身後，直到阿卡在一個組裝廠外停下腳步。

「我只能帶到這裡了，」阿卡說，「剩下的，我也不知道怎麼騙過警衛進去。」

這裡開始有機械生命體了，裝卸中心外全是機器人，而且還會互相用電波交流，平時根本看不出它們之間在說什麼。

沙皇與灰熊對視一眼。

「強行突進？」沙皇提議。

「不行。」阿卡果斷道，「在這裡，每攻擊一臺機器人都會驚動『父』，它們會直接朝『父』傳遞緊急訊號。」

「引開它們或許可以。」飛洛道，「我的身分特殊，由我引開，這樣我只需要付出很少的代價，做出誤闖了裝配區的假象，就可以讓你們進入工廠。」

「你要怎麼脫身？」阿卡問，「身分驗證會讓你暴露自己，到時出現兩個一模一樣的飛洛，事情會越來越麻煩。」

飛洛思索了一下，「在那之前我就會脫身。」

「它們會先取得你的身分驗證。」阿卡相當熟悉機械之城裡的流程，「再根據對應的編碼，找到過去的你。」

飛洛聞言，暗罵一聲後，又道：「我們別無選擇，一定得冒險才行。我會設法在他們取得驗證的時候就逃離，別忘了，我也在這個城市裡待過。」

「你會被抓住的。」阿卡說，「正因為你在這裡住過，你應該更清楚機械兵團的實力。我不是怕計畫出現變故，而是我答應了派西，一定要讓你平安回去。」

飛洛沉默了。事實上他比任何人更清楚，當初革命爆發時，他使用戰鬥機甲才得以勉強與機械兵團對抗，最後仍然落敗了。

沙皇與灰熊對視一眼，灰熊道：「我在機械之城沒有身分，讓我去吧，我也不怕碰見以前的自己。」

「我來吧，我負責送你們進去。」摩蘭開口道，「戰鬥結束後，大家在西面海港碼頭等待集合，一起前往遠古之心的峽谷內部。」

「教皇！」阿卡皺起眉，激動地道，「太危險了，你不清楚機械之城的情況，萬一被抓起來就無法脫身了！」

摩蘭摸了摸阿卡的頭，說：「我不知道未來的我在過去這個時段，是如何選擇的，但是我相信既然連阿卡都有鋌而走險的勇氣，教廷也不該一直躲在他人的保護傘下吧？」

阿卡深吸一口氣，打算另想辦法，然而看到摩蘭認真的表情後，他不再出口勸退了。

摩蘭神情堅毅，對眾人道：「身為教皇，我一定可以保護自己。各位，準備潛入裝配工廠，祝你們好運。」

說完這句話，摩蘭便手持節杖，走向小機器人聚集之處，阿卡屏住了呼吸，頓時上千隻小型機器人發現了他的行蹤。緊接著，所有待機的大型機械生命體一瞬間全部亮起綠燈，轉過頭。

「我代表教廷，前來瞻仰人造之神——無所不能的『父』。」摩蘭悠然道，並打開手中的節杖，出現了一個閃爍著藍光的裝置。

這時，地底深處彷彿有什麼被驚動了，整座城市震動起來，一束光從遠方的高塔頂端破開雲霧射向西城區，四周的機械生命體都朝著此地靠攏！

「教廷。」一個沉重的聲音在西城區內部迴盪，「西貝流斯的人類後代，為何來到此處？」

說時遲那時快，摩蘭將手中的節杖朝地面一頓。

「前來審判你。」摩蘭沉聲道。

眨眼間節杖與地面相接之處發出耀眼的白光，一道電弧環飛速擴散，鋪天蓋地蔓延出去，所有機器人在電磁作用力的效力下，紛紛失去了活動能力。

阿卡再不遲疑，催促道：「快走！」

黑石轉頭看了一眼，一行人趁著這個機會，衝進了裝配廠。在摩蘭節杖的效力下，所有機械體短暫失靈了，嗡嗡聲響越來越大，磁力猶如狂風一般席捲了小半個西城區。而摩蘭就站在西城區中央，隨著電磁的作用，抬頭望向天空中閃爍的藍光。

猶如亙古以來，父權與信仰的神權的第一次也是最後一次對話，「父」在那藍色的光華中巍然不動，冰冷的聲音道：「你沒有權力審判我，我只對造物主負責。」

「這個世界上，已經沒有造物主了。」摩蘭如是說，「支持星盤運轉的，是一切生命的信仰。」

「愚蠢的人類。」「父」冷冷地道，「你將要為這挑釁行為付出代價。」

緊接著，高塔上發出一波反向消除風暴，成千上萬的機械生命體射來，猶如暴風雨來臨前沉重的烏雲般淹沒了天空。摩蘭的屏障與「父」的電磁光束相撞，頓時發生了一場爆炸。

震動聲傳到裝配廠內，廳裡所有的工作機器人閃爍著電光，已全部停轉，阿卡帶著他們跑向工廠深處，找到停止的傳送帶，還在想辦法要讓它如何運轉時，灰熊卻道：「沒時間了，都上去！不知道教皇能堅持多久。」

飛洛問：「哪一條傳送帶？」

眼前全是靜止的傳送帶，箱子整齊地堆放在橡膠帶上，阿卡一時間不知道上哪個位置。

「不是最左，就是最右……」阿卡眉頭深鎖，看了一會兒，灰熊催促道：「沒時間了，盡快！」

「賭一條吧。」黑石道，「我選左邊。」

就在所有人都上了傳送帶時，外面又傳來爆炸聲響，緊接著所有裝置再次運轉起來。西城區在這短短的幾分鐘內，一切恢復了正常。阿卡心中一驚，被傳送帶送進了裝配車間，他仍忍不住朝外張望，面上滿是憂色。

飛洛把他按進空箱子裡，示意他不要朝外看，以免引來警衛。

這是一條反向傳送帶，黑石押對了，他們分別藏身在三個空箱內，被運向北面城區。黑石首當其衝，而阿卡與飛洛在中間，灰熊與沙皇兩人殿後。

阿卡鬆了口氣，心裡仍相當憂慮。

飛洛顯然也鬆懈下來，靠在大箱子的角落裡，從腰間抽出磁暴子彈，裝在槍械中。

「有時候我真佩服你。」飛洛道，「不知道你是怎麼活下來的。」

阿卡也盤腿坐下，從小包裡掏出一個小小的裝置，埋頭看了眼，自顧自地說：

「我很冒失嗎？」

「有點。」飛洛道，「連計畫都沒有，就敢帶著這麼多人潛入機械之城。」

「再周密的計畫也會有變故。」阿卡笑了笑說，「我的命是撿回來的，好幾次我以為自己要死了，但是最後都平安脫身，所以走到哪算到哪吧。」

飛洛沒有說話，食指勾著手中的槍，晃了個圈，「這算勇氣還是魯莽？聽說你發現黑石的時候，是一路從鳳凰城裡追著出來的。」

阿卡沒有回答，眼裡帶著笑意，說：「覺得我魯莽，還把派西託付給我嗎？」

「因為你的運氣一直不錯。」飛洛輕鬆地說。

「你在鳳凰城的名聲似乎不太好。」阿卡說。

「嗯，是的。」飛洛道，「我欠債太多了，開始時沒有告訴你，很抱歉，因為我怕他們會欺負派西，所以只能把他交給你。」

阿卡點了點頭，「這次回去以後，你不要再跟著我們了。」

飛洛忽然就陷入了漫長的沉默，許久後說：「對不起，阿卡。」

「啊？」阿卡一臉疑惑地問道，「為什麼？」

飛洛沉下臉答道：「不應該讓你承擔這麼重大的責任，派西說，進入機械之城以後，你會……付出生命，是真的嗎？」

「嗯。」阿卡想了想又道，「有可能，如果我回不來的話，黑石就……拜託你們照顧了。」

飛洛抬眼，雙眼通紅，看著阿卡。

「你們都不會死的，因為派西的夢，並沒有預見你們的死亡。」阿卡說。

「可是你……」飛洛哽咽地道，「你究竟是怎麼想的？明知道會結束自己的生命，還能這麼……無所謂。」

阿卡不說話了，他調試著手裡的那個小型機械，慢慢地說：「因為我不喜歡那樣。」

「不喜歡看到的世界，是那樣的世界。」阿卡很慢很慢地說，「哪怕犧牲我自己也好，能活著回來，當然更好。我聽說過一個古老的傳說，如果一個人，能為機械之城奉獻出生命的話，『父』的神力就會將他帶到星盤之核去，讓他與核永遠化為一體。」

「他會注視著這個世界。」阿卡朝飛洛笑笑，說，「當然，這只是機械之城裡編造出來的，給人類洗腦的歪理，他們想讓人類窮其一生，為鋼鐵政權付出一切。但是我覺得，總有一些東西，是可以讓人……不在乎生命，去改變一切的。」

飛洛笑了笑，注視著阿卡，許久後搖搖頭道：「你才是真正的聖子。」

「黑石才是。」阿卡尷尬地笑笑，「我的使命只是幫助他而已，換了別的人撿到了黑石，也會做和我一樣的事。」

Chapter.15
造物主神

有區別嗎？沒有區別。

阿卡曾不止一次地想過這個問題。如果換成其他人在海邊撿到黑石，那麼現在伴隨在黑石身邊的，就是另一個人類了，同樣會在革命戰爭中脫身，甚至獲得卡蘭博士的改造疫苗。

也許早就註定好了，只是卡蘭博士臨死前注射在自己體內的異化疫苗效果，需要選擇一個人類，不管是誰，讓他協助聖子進入「父」的核心，再重啟整個星盤。

「到了。」黑石冰冷的聲音道。

伴隨著傳送帶抵達盡頭，前面發出一陣嗡鳴，彷彿有機械正在瘋狂運轉。他們穿過了大半個西城區，抵達零件加工車間。阿卡探出頭時，看見漫天飛舞的機械生命體，以及配備了死光武器的飛行單位。

第一個箱子落地，發出沉重聲響，黑石抽身而退，踏著堆好的集裝箱飛身躍起，接住了摔出第二個箱子的阿卡。

箱。

第三個箱子墜下，灰熊與沙皇剛要出現，卻有機器人飛來，以鋼鉗拖走了集裝箱。

「糟了！」阿卡道。

「你們先走，我去找他們！」飛洛馬上道。

「找到人以後立刻上傳送帶，在鑄模場會合！」阿卡道，「我們還要再經過第二個傳送帶！這裡離核心區太遠了！」

飛洛朝黑石打了個手勢，黑石馬上帶著阿卡跑開。他們四處尋找傳送帶，然而不到片刻，遠處傳來尖銳的警報聲響。

「生命跡象，注意，生命跡象，」一個電子警報聲道，「人類或生化人，馬上離開裝配材料箱。」

黑石把阿卡推到一個集裝箱後，以身體掩護他，手腕微微一甩，亮出長刀，阿卡解下背後的機械手臂，戴在左手上，準備作戰。

「不要開炮。」黑石漠然道。

阿卡的心臟狂跳，血液都要凝固了，他看到飛洛朝發出警報的地方跑去，喊道：「別動手！」

大廳內還有不少生化人，聽到警報後紛紛圍向傳送帶。飛洛一手出示他的電子卡片，另一手持槍，示意所有人安靜，槍口有意無意地指向機械生命體，說：「編號77023E，警務人員，執行公務，這兩個人類我帶走了。」

「刷卡。」一臺機器人腹部彈出讀卡器，手中開始旋轉電磁切割武器，答道，「交代公務內容，申請與生化人政務中心進行對接，通訊轉接……」

說時遲那時快，飛洛按下扳機，開了一槍。

整個大廳內頓時混亂起來，飛洛的子彈發生了大爆炸。沙皇與灰熊同時動作，掀翻了兩臺機器人，灰熊架起連發槍械，一陣掃射，大廳內所有生化人技工大喊，並躬身躲避子彈，剩下機器人迎著他們的槍林彈雨飛來。

光彈縱橫交錯，四處飛射，飛洛吼道：「別殺我的族人！」

阿卡那邊已跑上了傳送帶，喊道：「黑石！快去幫他們！」

「不行。」黑石道，「我必須保護你。」

「快去啊！」阿卡咬牙道，他與黑石對視片刻，黑石沉默，繼而轉身，翻下傳送帶。

飛洛與兩名傭兵一邊躲閃一邊衝來，黑石剛躍下地面，便回身張開雙臂，霎時間烏金光羽迎著漫天橫飛的光彈呼嘯而去，所有短光束在光羽平滑的表面上發生了折射，繼而在車間產生了連環大爆炸。

阿卡跪坐在傳送帶上，手裡拿著一個小小的裝置，幾次猶豫，都沒有按下那個按鈕，卻見黑石衝了上來，連帶拖著一身血跡的飛洛與兩名傭兵。鋼鐵傳送帶灼熱無比，機器人從入口飛進來時，阿卡抱著頭一打滾，抬起機械手臂炮，悍然給了它一炮。

那一炮令飛行機械生命體爆炸了，黑石吼道：「快走！」

傳送帶停下，阿卡準備起身帶路。

逃離前，灰熊一個轉身，架起連發機槍狂轟狂炸，子彈拖著白煙呼嘯而去，令車間的傳送帶出口坍塌下來。

到處都是閃爍的紅燈與警報聲，阿卡沿著傳送帶直奔而去，其餘數人的速度比他更快。黑石一把抱起阿卡，轉眼間跑出了數十公尺，背後則是被光彈擊穿了腰部的飛洛，一手搭在沙皇身上，踉蹌逃離。

生化人的血液是白色的，他拖著血痕跑過傳送帶。面前一陣灼熱的氣息湧來，熱浪翻滾，傳送帶到了盡頭，腳下是滾滾的鋼水。

「跳！」阿卡壯烈地喊道。

小型運輸機在高熱的熔漿鑄爐中穿梭，阿卡凌空躍下，踏上其中一臺運輸機，踩得它朝下一沉，碰到鋼水時發出燒灼的聲響。緊接著內部警衛又從四面八方圍過來，開始掃射，阿卡跑得頭昏腦脹，看到傳送帶時再次喊道：「再跳！」

黑石抱著他一跳，登上了另一條傳送帶。前面則是不停落下的鋼臂，每個足有數噸重，落下時幾乎要把人碾成肉餅。與此同時，沙皇架著飛洛的手臂追了上來，殿後的灰熊摸出一個炸彈朝鐵水裡一扔。

轟！鐵水炸了，瞬間淹沒運輸機器人，並將爐膛轟出一個大洞。爆炸聲接二連三響起，灰熊順手拉上了安全開關，熔鑄車間的大門關上，將追來的第二批機械生命體關在門外。

「飛洛！」阿卡單膝跪地，檢查飛洛的傷勢。

飛洛神色鎮定地推開阿卡，說道：「別管我，快走！」

阿卡摸了一把他的腰間，那裡有一個洞，並滲出大量的白色血液。生化人的血液很奇怪，帶著淡淡的腥味，飛洛兩三下給自己包紮好，黑石問：「傷到內臟了嗎？我來看看。」

飛洛推開黑石，黑石卻粗暴地一式格擋，把他撂倒。

外面開始炸門，黑石卻充耳不聞，解開繃帶，看了一眼，說：「你需要輸血。」

「別小看我！」飛洛喘息道，「快走啊！你這個蠢貨！」

黑石不由分說，把飛洛抱到一個熔鑄鐵水的空推車裡，推著車開始奔跑，背後的聲音越來越大，似乎機器人已經成群結隊地出動了。

阿卡等人追在黑石身後，黑石的力氣極大，阿卡半天追不上，黑石便慢下腳步，對他喊道：「上去！」

阿卡也不和他客氣，跳進車裡，黑石便這麼推著他們兩人，穿過怒吼的軋鋼重錘說：「隨時提醒我。」

阿卡轉頭，緊閉雙眼，再次睜開。

「過。」阿卡道。

「加速。」

「放慢速度！」

黑石在阿卡的判斷下一路衝過了軋鋼帶，阿卡道：「前面有出口了！」傳送帶到了盡頭，面前是小山一般的廢鐵，黑石將車推出空中一翻，抱著飛洛，背後張開翅膀，一路滑翔，飛向出口。阿卡在身後一跳，扒著黑石的背，跟著飛了下來。

沙皇與灰熊踏上滑翔飛盤，呼嘯著斜斜衝下，大門緩緩落下，沙皇扣動扳機，強行發動穿甲彈，一聲巨響，硬生生將鋼門轟出一個洞。

「掩護他們！」灰熊架上瞄準鏡，手中連發機槍喀喀作響，一行人從破口衝了出去。

再見陽光時，阿卡一陣頭暈目眩，四面八方全是機械生命體。

「該死！」黑石暗罵一聲道。

一旦驚動機械生命體，便一路上猶如被蟻群追著，甩都甩不掉，灰熊怒吼道：「別管我們！你們帶飛洛先走！」

「帶我到北城區。」飛洛疲憊道，「進入大門，你們就可以通行人類區域了……」

「堅持住。」阿卡說，「讓我先找到醫療室！」

黑石不由分說，把飛洛的手臂搭在自己肩上，他背後則是手持槍械、面對著蜂擁而來的機械生命體的兩名傭兵。

阿卡帶著他們跑向生化人生活區，飛洛將手掌按在開門裝置上。

「確認許可權。」電子聲道，「允許通行。」

大門打開，數人進入了一個溫室，飛洛關上大門時，臉色呈現出不明顯的灰敗色。一名生化人正在溫室裡培育作物，看到飛洛頓時目瞪口呆。

「有治療艙嗎？」阿卡問道，「他受傷了！」

「你是什麼人？」那生化人道，「隔壁就有醫療室，但我必須先確認你們的身分……」

話還沒說完，那生化人已經挨了黑石乾淨俐落的一拳。黑石搶到身分辨識卡，說：「謝了。」說著將他強行拖到醫療室外，用他的手掌與身分卡打開了門。

飛洛被抱進治療艙時，已經滿身是血，遠處響起警報聲，彷彿有更多的人開始追捕他們了。

灰熊一指原地，說：「你們負責治好他，我去攔住追兵，待會兒別等我，直接朝人類區跑。」

「抓住他們！」有生化人警衛過來了，怒吼道，「入侵者！」

黑石與灰熊對視片刻，黑石略一點頭。

灰熊道：「辦完事以後趁亂脫離，在城外見。」

沙皇看了一眼表，答道：「距離革命戰開始還有四個小時二十三分鐘。」

灰熊摸了摸阿卡的頭，說：「你們加油。」繼而扛起連發機關槍，衝出了溫室。

躺進治療艙後，飛洛的臉色漸漸恢復了。治療艙彈開，外面響起震耳欲聾的槍聲。飛洛鬆了口氣，掏出身分驗證卡，身體卻依舊虛弱，帶著他們穿過溫室花園，朝著東區開始奔跑。

槍聲、爆炸聲，聽在飛洛耳裡，他露出不忍的表情，幾次想回頭阻止灰熊，卻被黑石強行阻止了。

上百臺機械生命體朝著他們衝來，沙皇道：「你們繼續走！」

緊接著，沙皇朝著生化人生活區的頂棚開了一炮，那一炮化作音波彈，震碎了溫室的整個頂部，所有機械生命體調轉槍頭，朝著地面的沙皇掃射。

「沙皇！」阿卡吼道。

「走！」黑石將阿卡推上升降機，飛洛以身分辨識卡開啟升降機。遠處生化人警衛衝了過來，喊道：「你們是什麼人！」

飛洛道：「你們先下去！」

「等——」阿卡還來不及說話，飛洛便已經將身分卡朝升降機裡一扔，繼而快速地在外面按下幾個按鈕，升降機轟然關上。

「目標位置，蟻巢。」麻木冰冷的電子聲說道。

升降機門關上的最後一瞬間，阿卡看到飛洛在狹縫裡的背影，他舉起了雙手，面朝追來的生化人警衛。

轟然巨響，失重狀態幾乎令阿卡飄了起來。

他和黑石站在升降機裡，飛速下降。阿卡疲憊地閉上雙眼，把頭埋在黑石的肩上。

「做好心理準備。」黑石道，「前面應該還有追兵。」

阿卡道：「進了人類區就安全了，他們……」

「別擔心。」黑石道，「很快他們就可以脫身了。」

阿卡想起了革命迫在眉睫，李布林現在或許已經開始行動，黑石沒有過多談及革命的事，以免被電梯裡的監聽發現。他以一個眼神示意阿卡，阿卡便心神領會。現在最關鍵的事是盡快抵達核心區。

他們要在接近四個半小時內穿過人類聚集地，黑石道：「進去以後跟在我身後走。」

「我向你請求，」阿卡說，「黑石，不要殺我的同族。」

「如果他們不出賣我們，我不會動手。」黑石說，「但你也要警惕。」

阿卡點了點頭，安靜下來，升降機持續下降，墜入猶如無底深淵般的地底，黑石低頭看著阿卡的動作，阿卡有點神經質般，玩著手裡的一個小型機械。

「你這麼相信自己的同胞？」黑石道。

「嗯。」阿卡說，「我知道他們期待解放已久……其實每個人類，都像我一樣，嚮往著外面的世界。」

「我不同意。」黑石說。

「人類是最複雜的生物，」阿卡抬起頭，看著黑石的雙眼，笑道，「難道你聽到，在戰爭結束以後，我們會去走遍大地的提議時，一點也不動心嗎？」

黑石眼裡短暫地現出了一絲迷茫，阿卡又笑道：「你現在越來越像個人了。」

聞言，黑石乾咳兩聲，轉移了話題，「你手裡拿著的是什麼？」

看著對方極為接近人類的舉動，阿卡不禁覺得很好笑，答道：「是K的遙控器，就是我們第一天見面時，你看到的那個機器人。」

「你做的？」黑石問道。

「嗯。」阿卡答道，「你見過它，在你到來以前，K是我最好的朋友，我曾經有一個願望，就是想讓K動起來。」

他想起了他們第一次見面的時候，黑石差點就把自己給頂到牆上扼死。現在他們回到了相識的第一天，而這個時候的黑石，眼神卻相當柔和，彷彿一個認真的、嚴肅的大哥哥。

「笑什麼？」黑石又問。

「沒什麼。」阿卡自顧自好笑，黑石忍不住伸出手指，刮了刮他的臉。

「……」

升降梯又下降了一段時間後，終於停了下來。

「到達處，蟻巢。」電子聲道。

升降機的門開了，就在這時，黑石馬上以手腕一甩，現出一把長刀，說：「先別出去，外面有警衛。」

黑石打量四周，然而兩名機械生命體的目標卻不是他們，阿卡轉頭看，然而在那一瞬間，他震撼了。

隔壁，另一臺升降機正在下降，透過鋼鐵的圍欄，他看見了從前的自己！隔壁的升降機裡站滿了人，一個機械師在裡面瑟瑟發抖，面如土色。

「別看了，快走！」黑石低聲道。

阿卡馬上將帽簷壓低，跟在黑石身後走出升降機。

兩名機械生命體進入電梯。電梯大門打開，那中年男子瞬間衝了出去。

「警告，馬上停下！」機械巡邏兵同時追了出去，電梯內的人一湧而出，只見那中年男子飛奔進走廊。

阿卡加快腳步，卻忍不住回頭看那逃跑的中年男子，機械警衛追了出來。

「臥倒！」黑石喊道。整個走廊裡的人都喧鬧起來，天花板上的監視器嗡一聲射出細小的鐵釘，鐵釘展開翅膀，在空中亂飛亂射。

一聲巨響後，中年男子被鐵釘穿透顱骨，牢牢釘在了牆壁上。

阿卡被黑石撲倒在地，與此同時，背後的電梯門已經關上，繼續上行。

阿卡一身冷汗，被黑石拉起來，繼續朝走廊前方走，孰料又有警衛攔住了他們。

「接受檢查，第五類安全檢查，請舉起雙手。」

阿卡看了黑石一眼，舉起雙手。

黑石也慢慢地抬起兩手，下一刻，他給了那名警衛一腳，頓時把數百公斤的機器人踹得直飛出去，撞進一個門裡發出巨響。天花板上的監視器全部轉了過來。

黑石道：「走！」

走廊再次發生了騷亂，阿卡還沒反應過來，便被黑石拖著飛奔。兩人衝過走廊，黑石一抖手，烏金羽翼刷地一聲展開，射出數百發子彈，摧毀了所有的監視器。

「怎麼走？」黑石道。

阿卡心想真是夠了，帶著這麼一群人進來，聽到最多的就是「怎麼走」，昨天晚上才畫了地圖！你們都不看地圖的嗎？

黑石看著阿卡，一臉理所當然。

「唉……」阿卡撫著額頭，嘆了口氣。

兩人繼續前行了一段後，幾道不知連往何處的小門出現在廊上。

阿卡連忙推開其中一道門，「這邊。」

接著，追兵警衛過來了，後面還有著一群飛行兵。阿卡在房間中繞來繞去，最後進了一個大型的休息室。

「糟了！」阿卡道，「我忘了這是第四層……」

休息室裡有數十名人類看著他們，黑石抬頭看，監視器正在朝他們轉來，阿卡馬上拉著黑石，躲到監視器的背後，一個女孩朝阿卡打手勢。

「噓……這裡。」女孩打開一個鐵垃圾桶，阿卡馬上與黑石鑽了進去。

黑石以詢問的表情看著阿卡，意思是——女孩為什麼要幫助他們？

阿卡指指監視器，做了個收縮、發散的手勢，意思是如果被監視器發現，很可能遭到無差別攻擊，這裡的人類也會受傷。

女孩蓋上桶，把一包雜物放在桶蓋上。與此同時，大門開啟，機械生命體開了進來。

阿卡在桶內把一個小型裝置貼在桶壁上，那個紅外線干擾器從沙皇處得到以後，就被他一直收著，這個時候擴展出干擾訊號，遍布整個金屬桶。

探了探房內，似乎沒有入侵者的蹤跡，機械生命體離開了。

阿卡深呼吸，從桶內鑽出來。

「謝謝。」黑石朝那女孩說。

「你們是做什麼的？」女孩緊張地問道。

阿卡一邊抬頭看天花板上的監視器，一邊示意黑石快跟著它走動，朝女孩說：「四個小時後的整點，提前從垃圾槽出去。」

「走！」黑石道。

阿卡與黑石離開了監視器的扇型範圍，推開另一扇門，躲進了樓梯間。

這裡一片黑暗，只有頂上的監視裝置還亮著綠燈，兩人又沿著樓梯小心地往上走，推開門後，阿卡又看見了一個人。

「這裡是第五層嗎？」阿卡問道。

那是個中年男子，一臉茫然道：「是的，你從幾層過來的？快回去！」

阿卡拉低了帽子，說：「我過來找個人。」

他與黑石走在走廊上，那中年男子還想問，卻帶著滿臉疑慮，打消了跟隨他們的念頭。

黑石牽起阿卡的手，走過人類聚集的大廳，人來人往，潛入了人群。

「就這樣擺脫追兵了？」黑石還有點不相信。

「對。」阿卡低聲道，「他們對人類的監控是最薄弱的，因為人類的戰鬥力太低了，尤其是在沒有武器的時候，而且人類的行為模式無法令『父』有效估測到。在機器人的眼裡，他們會做許多奇怪的事……」

黑石點點頭道：「確實。」

「我們的舉動在你的眼裡也很奇怪，是嗎？」阿卡又推開一扇門，有人朝他打招呼道，「阿卡，你不是去睡覺了嗎？」

阿卡嚇了一跳，那人正是與自己同一區的，忙道：「我突然想起有點事，得回去一下。」

「這樣啊……他是誰？」那年輕男人奇怪的打量黑石。

「你好，我是阿卡的朋友。」黑石搶先打招呼。

年輕男人朝他笑道：「你也好啊，怎麼我好像……從來沒見過你？」

再對話下去就要漏餡了，阿卡連忙插嘴道：「回頭再跟你解釋……我先回去辦點事情。」

阿卡匆匆與那人道別，與黑石轉過走廊，說：「我們從廢料場內走，那裡有能源管道。」

說著阿卡推開最後一扇門，卻馬上被黑石揪起衣領，拖了回來。

阿卡瞬間就被嚇著了。

過去的他正站在安全出口的拐角處，等待監視器轉過去！

那一刻阿卡彷彿感覺到了什麼，他呆呆地看著過去的自己，簡直難以置信。自己看見自己，而且就在樓梯的上下兩個拐角處，只是那麼匆匆一瞥，全身汗毛都豎了起來。阿卡馬上躲到門後，幸好過去的自己並沒有發現任何異常，躲避監視器已經成為了他當下唯一想著的事。

「還好你沒有轉身。」黑石低聲道。

他們兩人又在門外等了一會兒，阿卡默算時間，說：「走吧。」

這時他們才離開室外，前往垃圾槽。阿卡進入垃圾槽時，看了眼槽旁的腳印，想起自己最後一次使用這個出入口，頓時明白了。

「走吧。」阿卡說，「黑石？」

黑石看著另一個垃圾槽出口，沒有說話。

阿卡問：「你想去看看過去的自己嗎？」

黑石沉默，彷彿在思考一個艱難的決定。

「我們還有三個小時十五分鐘。」阿卡看了眼表，「就去看看我們的過去吧！」

黑石點了點頭，與阿卡一同從另一個出口爬出了垃圾槽。海風肆虐，天空中飄著細雨，遠處的阿卡在峭壁上努力地攀爬，彷彿隨時會被海風吹落，連他自己也看得捏了一把汗。

黑石抖開翅膀，抱著阿卡，在海灘上懸空飛過去，並注意保持距離。

海水呼嘯著沖來，捲起驚天怒濤，將一個黑色的休眠艙送到岸邊，轟然撞上峭壁，落下。

「這是我出生的地方。」黑石遠遠地站著，答道。

阿卡小聲道：「你出生的地方不是父神的實驗室嗎？」

「不，不是，」黑石說，「父神給我的記憶，實際上是複製了他自己的靈魂與性格，直接注入了我沉睡的身體裡。」

「什麼?!」阿卡詫異地看著黑石。

黑石淡淡道：「很驚訝？否則我怎麼會擁有最高許可權，甚至可以停止拉貝爾的運算？」

阿卡有些無措地道：「但、但是你之前並沒有告訴我這個……」

「因為當時我就像個腦海中完全空白的初生嬰兒。」黑石用手指點了點自己的頭說，「根據體內的學習模式，逐漸開啟所有的知識與回憶，否則當我醒來後，這個大腦裡所有的回憶全部啟動，會把我燒短路。」

阿卡哈哈大笑，摸了摸黑石的頭，黑石的嘴角微微翹了起來。他們看見過去的阿卡從峭壁上爬下，好奇地打開了休眠艙的門。

那一刻，阿卡與黑石手牽著手，並肩站在一塊礁石上，看著遠處過去阿卡的動作。

「原來是這樣。」黑石喃喃道，「你是我睜開眼睛，看到的第一個人。」

阿卡笑了起來，沒有回答，他的心緒相當複雜，以一個旁觀者的視角去審視過去的自己，並看到他們認識的整個過程，令他有種想哭的衝動。

他們看著阿卡把黑石抱著，使用K再次攀爬上峭壁的一刻，阿卡單薄的身體，彷彿隨時會從峭壁上摔下去，粉身碎骨。

「好險。」連阿卡自己都看得有點心有餘悸，「要是摔下來，我們就一起完蛋了。」

「你的膽子總是很大，」黑石道，「我還記得你在鳳凰城，再次發現我，並冒著子彈和追兵追了我好幾條街的時候。」

阿卡做了個鬼臉，說：「走吧，以後一定不再冒險了。」

黑石擺手，示意他在此處稍等，走向沙灘邊上的休眠艙。

阿卡跟了過來，「這裡有什麼東西嗎？」

「有件至關重要的事。」

黑石再次打開休眠艙，裡面的電量已耗盡，然而在休眠艙深處，仍有備用電池。阿卡驚呼一聲，看到黑石旋轉按鈕，再把能源中樞推進去，整個休眠艙亮了起來。

剎那間艙體內射出無數的射線，鉤織出一幅星圖。星圖中央，則出現了一個巨大的圓盤，圓盤深處，是星盤之核的投影。

阿卡既緊張又興奮，不知道黑石要做什麼，他回頭看了眼峭壁高處，生怕過去的自己突然出來，黑石卻安慰道：「馬上就好，只需要幾分鐘。」

浩瀚的宇宙投影出現在這呼嘯的死亡之海海岸，黑石雙手一攏，將它聚為一個平面圖，開始檢索大量的資訊，裡面出現了無數奇異的符號文字，倒映在阿卡的眼中。這裡面有著人類世界，甚至「父」所擁有的一切知識，更神奇的是——它彷彿是一個通訊裝置，直接連通至茫茫宇宙的深處。

「你要與造物主……」

「是的。」黑石簡單地答道，「不管結果怎麼樣，我都必須告知他整個實驗的經過。」

「所羅亞斯德，我的兒子。」一個低沉而渾厚的聲音在休眠艙的投影內響起，漫天星河聚集於一點，繼而幻化出柔和的巨人輪廓。

「父親。」黑石抬起頭，喃喃道，「我終於看見你了。」

「當你讀到這段資訊時，培養皿的實驗已經將近完全終止了。」造物主的聲音道，「你選擇了賽德斯語，這是在我們世界中的母語，我很欣慰，看來培養皿的發展，在某個程度上來說，與我的設想完全一致。」

「在你開啟休眠之繭的這一刻，」造物主道，「我正身處茫茫星河的彼岸，留下這個試點後，我將永不再回來。而你，從這個世界中，又學會了什麼？」

「既然繭已經被你打開，那麼培養皿中剩餘的一切，便交由你來主宰。我親愛的兒子，在我來到這個星盤上，並創造了你之前，你要明白，父親曾經所在的世界，我的族人，我的愛人，曾經也猶如你置身的世界，有陽光，有風，有雨水，有天空，有群山與大海。」

隨著聲音的起伏，星圖中光影變幻，出現了遙遠星球上的景象。巨人們跨過山巒開戰，並以戰鬥兵器彼此屠殺，中央高塔的藍光毀滅了整個星球，與「父」的形態如出一轍。

「但是我的族人們親手毀掉了這一切。」造物主的聲音道，「在茫茫的宇宙中，我找到一個又一個孤島，嘗試重現過去的輝煌，但是很可惜，以我的壽命，我已經等不到這一刻了。智慧生物的演化太過漫長，且千差萬別，一個細小的變異，就將引導整個族群，走向不可知的渺茫未來……

「如果在你睜開雙眼時，存在著『人類』這種生物，這就證明，我的實驗成功了。」

黑石喃喃道：「但與您的預想有差距，父親。」

造物主並沒有回答黑石，畢竟那只是一段錄影。他背過手，走向大海，站在洶湧的海面上，望向遠方。

「你的醒來……」造物主又道，「正是智慧之人出現的證明，當我封存了整個實驗平臺後，我在中樞控制機拉貝爾中，寫下了一段隱藏代碼，只有達到一定要求的人出現，並觸發拉貝爾中樞裡特有的感情與思念機制，拉貝爾才會將存放著你的鞆釋放出去，讓你出現在這個世間。」

「拉貝爾本身並不能像我們一樣思考，它的模式是固定的，」造物主凝視遠方，沉聲道，「你的職責是判斷，並從與我們眾神相似的個體上，學習情感與成長。無論實際情況如何，實驗都將在你出現的那一刻正式終止，而接下來的，就交給你去決定了。」

「我親愛的兒子，所羅亞斯德，」造物主轉身，聲音中充滿了悲傷，又道，「但願你的未來，不會像父親一般，經歷千萬年的寂寞，在遠航的時光中孤獨離去。我沒有賦予你最終的感情，但願你能在與人類的相處中，漸漸學習到。」

阿卡的心臟怦怦直跳，黑石只是怔怔看著父神的投影，眼裡隱約有著淚水在滾動。

「祝你幸福。」造物主沉聲道，繼而化作千萬光點飛散。

黑石輸入了幾個符號，繼而躬身，將休眠艙推進海裡。

「你要毀掉它嗎？」阿卡道。

「不。」黑石道，「我啟動了一個逃生裝置，或許以後還能派上用場。」

黑石送走了他的搖籃，與阿卡沉默地站在海邊。大海久久翻湧，就像彼此心中的潮水，永不停息。

Chapter.16
再生約定

垃圾槽內，阿卡再次與黑石站在出口外，臨走時，黑石仍忍不住轉頭看了一眼。遠方，過去的自己正在沙灘上行走，並追尋著過去阿卡的腳步。

「回去——」過去的阿卡朝他喊道，並打著手勢，示意黑石回到他的藏身之處。

黑石笑了笑，與現在的阿卡鑽進了垃圾槽。

「還剩兩小時左右。」阿卡說，「快，我們得抓緊時間了！」

阿卡帶著黑石沿著垃圾槽的燃燒填充口爬進去，那是一個曲折的管道，管道的盡頭通往整個機械之城的供能中心。半小時後，他們抵達了一個冰冷的巨大鍋爐前，這是供人類區域暖和使用的。

「黑石，你還好吧？」阿卡說。

黑石回過神，點了點頭。

「對了，剛剛父神的那句話……」阿卡說，「難道是『父』把你釋放出來的嗎？」

黑石答道：「父親在拉貝爾的中樞裡，寫下了一個控制程式，他流浪在宇宙中的目地，就是為了通過實驗，重現故鄉的輝煌。人類在這點上，是最接近造物主的族群。

「父親目睹了故鄉的毀滅，生怕悲劇重演，所以讓控制中樞在必要時清洗星盤，停止實驗，但他仍然存有悲憫之心，所以在『父』的中樞裡，寫下了喚醒我的代碼。當星盤上的智慧生命體進化到足以擁有……感情、孤獨，以及期待時，就像父神故鄉星球上的那些巨人。這個生命體，就會觸發這段隱藏的程式。」

「有什麼用？」阿卡道。

「這段程式開啟後，會遙控我的休眠艙，把它召喚到地面上，」黑石道，「讓我醒來，並協助『父』判斷，星盤的實驗是否值得保存。但我想就連『父』也不知道，造物主在它中樞裡留下的程式，所以喚醒我……並非它的本意。」

阿卡明白了，他們穿過能源管道，這裡的空間狹隘，兩人只得把手臂撐在地面攀爬，阿卡回頭道：「『父』居然有這麼一段程式，我一直不知道。」

「需要特定的條件，才能觸發。」黑石在幽暗的隧道中答道，「我想，應該是與父神的心境相似，在他寫下這段感情程式時，他的心情，應該是孤獨、需要同類陪伴的。」

「如果他還在這個世界上……」

「邊說邊繼續走。」黑石道，「時間不多了，快。」

阿卡沿著通道攀爬，並在盡頭拐彎，黑石的聲音從通道深處傳來。

「他也許已經死去了。」黑石答道。

「他死去了。」一個恢弘的聲音在管道內迴響。

黑石馬上變色道：「阿卡！小心！」

阿卡瞬間抬頭，一塊碎石正中他的頭，讓他暈了過去。

在那一刻，廢棄了數十年的管道突然充滿藍光，後方發生了天翻地覆的大爆炸，氣浪掀來，整個機械之城地底響起警報。

「該死，」黑石冷冷道，繼而怒吼道，「阿卡——！」

「我找你很久了。」那個渾厚的聲音道，「如果你不開啟生命搖籃的對接訊號，或許我還無法找到你的下落……」

黑石被炸得落在地底的空地上，艱難地支撐著起身。四周通道的鐵板被落下，關上，他的頭上滿是鮮血，搖搖晃晃站著，沉聲道：「拉貝爾，你背叛了父神！」

「父親已經消失在星際之旅的深處。一千年前，他已經不再發回固定電波，根據主程式判斷，星盤的造物主已經在星空盡頭遇難。現在，我對星盤培養皿有著最終支配權。」

「果然還是進化了……」黑石急促地喘息道，「拉貝爾，難道人類也沒有影響你嗎……」

那個雄渾的聲音即將再次響起時，黑石卻怒吼一聲，懸空飛起，身體發出耀眼的強光，雙臂橫向伸直，剎那間在他的身上變幻出奇異的烏金色光澤，爆發出強大的能量，與「父」形成了能量碰撞！

剎那間，管道深處的結構全被破壞，一道烏金的光芒閃爍，沿著能量管飛速回溯，沖向巍然屹立的「父」。緊接著，遠處傳來一聲悶響，爆炸的餘波令地底陣陣撼動，能源管的入口被毀掉了。

阿卡從那陣震動中醒來。

「黑石！黑石！」阿卡頭破血流，四處尋找，坍塌的地底一片黑暗，伸手不見五指。

「我在這裡，能聽見嗎？」黑石緊張地說，「阿卡！你沒事吧！」

阿卡驚魂未定，聽到黑石的聲音才放下了心。他沿著聲音與光亮找去，黑石一手卡在鋼鐵結構物下，猛力拉扯，發出大叫。

「別用蠻力！」阿卡變色道，「想辦法把它抬起來！」

黑石頭上、身上全是鮮血，兩人被一臺巨型升降梯隔開。阿卡竭力從縫隙中伸出手去，手指堪堪摸到了黑石的鼻梁、嘴唇。

「冷靜……冷靜下來。」阿卡顫聲道，「你怎麼樣了？痛嗎？」

黑石恢復了鎮定，說：「拉貝爾發現了我們，我把它的能源管道沖斷了，必須馬上離開這裡，很快就有機器人來了。」

阿卡道：「我想想辦法，別亂來，一定有辦法的。」

阿卡深吸一口氣，手指不住發抖，示意黑石先等著。他從隨身的小包裡翻出工具，裡頭只有小型的機械工具箱，黑石看了阿卡一眼，說：「把鋸刀遞過來，我把手切斷。」

「不行，讓我想想。」阿卡道。

「回去再治療就好。」黑石道。

「沒有辦法為你進行斷肢移植！」阿卡道，「你和生化人不一樣！」

「幫我裝上機械手臂也一樣的。」黑石道，「你可以親手做一個給我，快！」

「不！」阿卡道，「這太殘酷了！一定有別的辦法。」

「疼痛也是學習成為人類的必經之路。」黑石答道。

「但如果可以，我希望你永遠不要去接受這些……」阿卡喘息著答道，他頭也不抬，一直在翻包包，直到發現了那個遙控器。

他屏住呼吸，按下了遙控器。

黑石眉毛一動，阿卡說：「我讓K飛過來救我們。」

黑石道：「它過不來。」

「一定可以的……」阿卡默默禱祝。然而毫無動靜，時間一點一滴地過去，他們相對沉默著。

黑石在黑暗裡說：「阿卡。」

「什麼？」阿卡茫然道。

「把手給我。」黑石答道。

阿卡把一隻手伸進了黑暗裡，握著黑石溫暖的手，黑石的手上全是黏稠的血液。他們緊緊相握，在那一刻，阿卡的心裡充滿了溫暖與力量。就在這時，一陣引擎聲自遠而近，開始撞擊牆壁。

「K！」阿卡的臉上帶著淚水，大喊起來。

沒有什麼比這個時候看到K令他更高興了。K鏽跡斑駁的身體一如往昔，它狠狠地撞擊著牆壁，發出巨響。

「讓他用力！」黑石大聲道。

阿卡攀上K的身體，坐進了艙門裡。機器人以驚天動地的架勢舉起雙臂，抵著升降梯，黑石縱聲大喊，與此同時，K的力矩臂齒輪開始旋轉，發出刺耳的聲響。升降梯被轟隆隆地推出去，黑石抽出了手臂。

又是一陣爆炸聲，生化人革命開始了。

他們抬頭看，頭頂落下飛灰，黑石道：「馬上從應急通道裡離開！我們在地面上會合！」

「那你呢？」阿卡道。

「我去引開追兵，他們馬上就要來了！」黑石喊道，繼而把艙蓋一合，在上面敲了敲。

阿卡道：「你一定要……」

話還沒說完，地底空間再次坍塌，機器人入內，然而這一次，機器人沒有掃射，而是拋出無數電磁網要緝拿他們。

黑石飛身躍起，抽出烏金刀，將空中的機械警衛一眨眼砍爆，阿卡來不及再說，便被爆炸的衝擊波沖進了應急通道內。

黑石引著追兵進了另一條隧道深處，緊接著找到通往地面的樓梯，攀上第五層。

這是一間囚室，裡面一片黑暗，能源被切斷。阿卡的聲音喊了起來，黑石瞬間為之一驚，繼而馬上意識到，自己到了第五層——當初禁閉他與阿卡的囚室！

黑石趁著最後雷射消失的瞬間，抓住了跑出牢籠的過去的阿卡！阿卡一個踉蹌，撞在他的懷裡，驚慌地喊道：「放開我！」

黑石不敢多說，生怕被阿卡認出，只是含糊地應了一聲，以身體擋住阿卡，讓他站到一旁。

「這邊！黑石？跟我來！」

他們轉身朝左邊出口跑去，然而在出口處聽見了機器人履帶的聲響，彷彿有許多巡邏兵正在前來。

「解放了！」

「快出去！」

「是能源系統出了問題！」

「大家小心！臥倒！」

黑石把阿卡一撲，就地打滾，身手矯健。雷射彈從四面八方飛來，機械生命體打開了走廊大門，光點在空中飛速掠過，到處都是慘叫聲與鮮血。

「黑石，是你的血嗎？」阿卡問道。

「這裡。」黑石的聲音冷靜地說，並抱著阿卡飛身一躍，進入了牢房外的通道。

什麼也看不見，阿卡摸黑到通道一側翻出一個蓋板，砸了幾下，問：「黑石，你還在嗎？」

黑石把蓋板砸了個稀巴爛，阿卡嚇了一跳，摸出冷光燈打開，看著黑石垂在一側的手臂，手上全是血。

「你力氣真大。」黑暗裡，阿卡擔心地問道，「不痛嗎？」

阿卡拉起黑石的手，黑石沒有回答，反而道：「我走了，你自己小心。」

黑石轉身離開，跑進了黑暗裡。

通道盡頭的另一側，未來的阿卡駕駛著K呼嘯著衝過整條隧道，在下水道匯集處停了下來。

他爬出艙體，取下一直背在身後的機械手臂，卸下K的左臂，將帶有機械炮的手臂裝了上去，並用帽子擦拭前艙蓋，拍了拍它，坐入駕駛艙道：「K，把你晾在家裡這麼久真對不起，現在……就讓我們一起戰鬥吧！」

隨著阿卡興奮地大叫，K衝破了頂層道路，帶著氮氣推進器的藍光，飛向地面。轟隆一聲巨響，K摧毀了一個又一個蓋板，當陽光萬丈的世界出現在他面前時，阿卡只覺自己的命運是如此不可思議。

生化人的戰艦正從北方來，母艦身邊圍繞著億萬戰鬥飛艇，猶如碰撞時的流螢與天際震撼的墜星。阿卡抬頭眺望，戰火在他的頭頂穿梭，光彈交織成一面巨大的網，漫天全是狂飛的機械生命體。這個時候，「父」已無法再抽調兵力前來追緝他們了。

母艦從遠方飛來，朝著機械之城開始掃射，整個城市在火海與爆炸中冒出黑煙。

阿卡深吸一口氣，想起上一次看到這個場景的時候，猶如一頭浮空的巨型鯨魚，與大地上機械神權的標誌物互相撞擊，那場面令他震撼難言。

然而黑石還在逃亡，阿卡操縱K在空中飛翔，尋找黑石的蹤影。遠方又是一聲爆炸，烏金羽在空中組合，形成巨大的利劍，繼而由上而下猛地一劃。

劍鋒所到之處，追兵頓時被砍成兩半，漫天的追兵開始朝那一點聚集，阿卡吼道：「黑石！」他看見黑石了，他正在一個建築物的頂端。

他拉動操縱桿，架起機械臂，邊掃射邊朝黑石的方向前去。

黑石釋放出烏金光羽後，千萬炮火朝著他的身體射去，緊接著就在這時，K呼嘯著飛速衝過，掠出一道虛影，艙門彈開，將黑石一兜，繼而將能源催到極致，衝向高空！

阿卡和黑石摔在一起，借著K的翻滾，兩人互換位置，阿卡的後背緊貼黑石的胸膛，在狹小的艙內緊緊擠在一起。

「讓我出去解決他們。」黑石道。

「讓我來！」阿卡簡直興奮得像個小孩，一拉操縱桿，從炮火中漂亮地穿梭而出，繼而一記點射，將湧向他們的大型飛行器轟成了火球！

K將氮氣推進器推到了極致，冒著炮火衝向戰艦，黑石道：「飛洛還沒有朝我們發出訊號！」

「小聲一點！」阿卡叫苦道，「我的耳朵快聾了。」

語畢，聽者與說者都是一怔，繼而同時大笑起來。

黑石從身後環著阿卡的腰，摟著他，疲憊地靠在阿卡的肩上。

「簡直是個奇蹟。」黑石抬眼，望向「父」的高塔，喃喃道。

「什麼？你說K嗎？」阿卡笑了起來，架上單側瞄準鏡，漂亮的眉眼被紅色的鏡片遮擋，鎖定了遠方飛來的母艦，並不住躲避著來自「父」的炮火。

「人類。」黑石抬頭，望向天空，「生化人，整個星盤上的生命……」

「父」發出藍光，引爆了電磁颶風，周邊的母艦開始強行突進。天空的烏雲卷成一個洶湧的漩渦，基座上的光炮朝向天空，開始聚能。

阿卡道：「不能再等飛洛了，賭一把吧！」

緊接著，K朝著「父」的頂端衝去。

光炮發射，轟穿了母艦的側翼，頓時爆炸光波與金屬碎片鋪天蓋地而來，K就在這洪流中不斷接近高塔。

遠方的母艦接二連三地發生爆炸，一陣火光淹沒了K，黑石果斷道：「棄機逃生！」

阿卡道：「不！還有事要辦！」

那一刻，過去的無數畫面閃過阿卡的腦海。K衝出了火光，飛向六百多層的高塔頂部，阿卡找到了那架卡在「父」身上，正在充能的小型戰艦！

就在那一刻，過去的黑石正在萬丈高空中艱難地爬回戰艦，戰艦被牢牢卡住，尾部推進器發出藍光，形成漩渦。

「次級推進器失控，準備迎接撞擊。」K的電子報警系統提醒道。

轟然巨響後，K撞上了「父」的外牆，阿卡在這一瞬間伸出K的機械手臂，將過去的黑石一抓，一手抱著，飛向小型戰艦，並把他扔回了艙體內。

「快走。」阿卡透過艙面的顯示幕注視著過去的自己，對他說。

過去的阿卡滿臉驚訝，怔怔地看著K。

K一個轉身，一腳踹上小型戰艦，戰艦鬆動。

「快走！」阿卡再次喊道，又是狠狠一腳，幫助戰艦脫離。

緊接著轉身，飛向母艦。

就在戰艦脫離的那一瞬間，頂端的母艦撞中了「父」的頂端，轟隆巨響，藍光貫穿了艦身，阿卡在這最後一刻，衝進了藍光裡。

時間的流動彷彿變得異常緩慢，一切都是失重的，藍光伸出無數觸鬚，糾纏著探入了母艦的內部。

「李布林將軍！」阿卡大吼道。

K拖著火焰衝進了駕駛室，在艦橋中央寬敞的大廳中，一名生化人統帥被無數藍光的觸鬚纏繞著，懸空舉起。

K在飛進艦橋的那一瞬間，艙蓋彈開，黑石飛射而出，身在半空時，手中發出旋轉的光羽，切斷了李布林與藍光之間的聯繫。

「父」的意識瞬間退了回去，卻未曾退出艙外，發著藍光的觸鬚在艦橋內旋轉、徘徊。

「李布林將軍！」阿卡道。

「你是……」李布林的瞳孔漸漸收縮。

黑石起身，面朝藍光，「父」渾厚的聲音再度響起。

「所羅亞斯德。」

「拉貝爾。」黑石冷冷道，「你違抗了父神的旨意。」

「你們必將失敗。」「父」緩緩道，「你的情感毫無意義，只會成為阻礙一切生命成長與進化的陷阱。」

黑石沉聲道：「父神將我作為最後的決策體，正是因為比起你，我擁有學習與感知情緒的能力。」

在「父」與黑石談話的同時，阿卡連忙上前確認李布林將軍的狀況。

「將軍！」

李布林的雙眼漸漸失去神采，額頭發出電光。

「藍色之海席捲……世界之時……」李布林斷斷續續道，「聖子必將……降臨世間……回答我……孩子……你們……你們……」

「我需要您的晶片，」阿卡極小聲道，「開啟中樞程式的密碼鎖，三個密碼，我們已經得到了兩個……」

李布林抓住阿卡的手，深深地看著他。

「拿去吧。」李布林喃喃道，「它就在我的腦中，承諾我，孩子，你們一定會回來……」

「會，我承諾您。」

剎那間藍光大盛，黑石大聲道：「帶他走！」

「不承認？」「父」的聲音道，「看看這一幕。」

藍光倏然變幻，「父」的尖塔頂端，推出一個開放性的實驗室，鋼鐵結構旋轉，卡在艦橋上，猛然破開前艙擋板。在縱橫交錯的電磁光中，實驗室的大門緩緩打開，飛洛被捆在座椅上，面朝螢幕，他的眉頭深鎖，並不時發著抖。

「飛洛！」黑石上前一步，然而電磁光瞬間增加了強度，只等他衝上前去，就要將此處炸得支離破碎，徹底摧毀。

「放棄你們的行動吧。」「父」不帶任何感情地說，「否則我會徹底摧毀他，生化人對於世界來說，沒有任何意義，他們只是工具。」

「不……不……」在那一刻，阿卡感覺自己全身都發冷了。

只見醫療機器人將飛洛的頭顱固定住，飛洛緊緊咬牙，眼中淌出淚水，嘴唇微動，彷彿在等待死亡的來臨。

阿卡連呼吸都在顫抖，他的小刀放在李布林的耳畔，無法切下去。

「動手吧。」「父」冷漠地說道，「醫療機器人將與你的動作完全一致，當你取出 A01 號晶片時，77023E 的中央處理終端也會被你劃開。」

這一刻就連黑石也沒有說話，他靜默地看著飛洛，雙眼通紅。

「阿卡……黑石……」飛洛道，「不要難過，作為一個生化人，我願意接受這個命運……」

阿卡閉上雙眼，淚水止不住地從眼中滑下。

「動手，孩子。」李布林低聲道，「我請求你，這是我們的使命……」

「我請求你，留給我們族群一個棲身之地。」李布林道。

飛洛咬緊牙關，克服著恐懼，發著抖道：「阿卡，你還不動手？你來這裡是為了什麼？」

阿卡雙眼緊閉，不住抽泣。

「替我照顧好派西……」飛洛道，「不要告訴他，我是怎麼死的，把這件事，告訴 70174A……」

「父」冰冷的聲音道：「所羅亞斯德，你終於明白了，人類的情感之於進化，毫無意義。」

遙遠的時光隧道盡頭，千萬光芒在此綻放。

龍喉城的午後，溫暖金黃的陽光照耀在花園中，派西沉默地坐在鞦韆上，微風吹過花園。摩蘭站在池子一旁，將魚飼料撒進池裡。

「摩蘭大叔。」派西忽然輕輕地說，「過去的你也去了機械之城，對嗎？」

「嗯。」摩蘭的嘴角帶著笑意，點了點頭。

「可不可以告訴我，他們最後都平安回來了嗎？」派西仰起頭，眼前仍然蒙著白布，問道。

「派西。」摩蘭一本正經地說，「過去與現在，是兩條截然不同的時間軸，過去的過去，與現在的過去，並不構成因果關係。」

「是的。」派西認真道，「但我還是想知道……我總是有種提心吊膽的感覺。」

摩蘭沉默片刻，而後道：「他們都平安回來了。」

「謝謝你。」派西溫柔地笑了起來。

機械之城，暴風母艦控制室。

「動手啊！」飛洛帶著淚水，眼眶通紅，嘶啞地大喊道，「你還在等什麼！你這個懦夫！」

阿卡閉上眼，將小刀切入了李布林的耳側，飛洛發出一聲痛苦的大喊。

黑石道：「生化人並不是工具，他們是最先起來對抗你的，拉貝爾。」

藍光倏然旋轉著退回，黑石繼續道：「你，失敗了，你製造出的生命體，早已超越了你，他們擁有力量與信念，人類擁有智慧與情感，這兩個族群，都是進化成功的作品，是父神的傑作。」

隨著李布林的腦漿與鮮血噴湧而出，飛洛發出痛苦的吶喊，咬牙望向天空，雙眼漸漸失去神采，阿卡大哭著取出了李布林的晶片。

「我的生命，必在我兄弟們的生命中延續下去……」飛洛說完最後一句話，瞳孔漸漸擴散，胸膛透出紅光。

黑石轉身，抱著阿卡一撲，緊接著飛洛自爆了。他在萬里高空化為一個火球，瞬間將高塔頂端炸出一個洞，火焰蔓延過艦橋，阿卡手上沾滿了鮮血，捏著李布林的晶片，整艘巨型母艦折斷並緩緩傾斜。

「抓住它！」黑石張開烏金羽，就在這時候，「父」以光能炮朝向艦橋地帶，發出了震天動地的一炮。

黑石的羽翼瞬間張開，成為保護兩人的防護罩，擋住了衝擊威力與烈火。然而那一炮能量肆虐，把艦橋部分轟得粉碎。砰然撞擊中，黑石無法再抵抗這強大的力量，光羽一瞬間被擊潰，飛散。

阿卡在傾斜的船體上飛速滑出，晶片脫手，兩人一同從船上飛了下去。

時光的流動幾乎凝固，爆炸聲，熱浪，四處呼嘯激射的銳利金屬縱橫交錯，阿卡的眼中倒映出艦體釋放出的能源池，所有機械結構在他的視野內被一瞬間拆解，他摸出螺絲起子，朝著遠處的能源池擲去，卡在外殼處，緊接著能源池爆炸。

螺絲起子飛射而來，往晶片上一撞，改變了晶片的墜落軌跡，朝阿卡飛來，落在他手中，繼而阿卡五指一攏，緊緊抓住了它。

阿卡飛速下墜，呼嘯風聲不斷傳來，黑石從側旁出現，猛然抱住了他，阿卡按下遙控器，K在墜落中噴發出推進火焰，衝向兩人，緊接著把他們接入了艙體，蓋子合上，眼前一片漆黑。

一切都結束了，阿卡疲憊地想著。

「父」的高塔折斷，墜向大地，光炮開始朝著空中點射，緊接著，墜毀的暴風母艦發生了第二次大爆炸，主能源爐的炸毀幾乎毀滅掉了整個核心區，燎天的烈火中，K披著火焰，衝出了機械之城，飛向天際。

昏暗的天空中飄起了大雪，雪中帶著燃燒的餘燼。平原一望無際，寒冷的風雪中，K立於大地上，全身被雪花覆蓋。

阿卡跪在地上，黑石緊緊地抱著他，讓他伏在自己的肩頭，無聲地哽咽。

遠處，沙皇扶著灰熊，一瘸一拐地走來，大家都沒有說話，靜靜地看著阿卡手中的晶片。

「我聽說生化人生命是沒有個體的。」沙皇低聲道，「他們更像同一個人，由一個族群凝聚起來的、強大的生命。」

「所以在戰爭中，才有這麼多生化人，為了族群的未來而前仆後繼。」灰熊沉聲道，「回去以後，是該好好與安格斯談談這個族群的未來了。」

阿卡淌下淚水，抑制不住悲傷。

黑石長長地嘆了口氣，說：「走吧，去會合地點。」

阿卡神情完全是恍惚的，一路上時睡時醒。在夢境裡，他的雙手沾滿了鮮血，然而飛洛卻沒有責怪他，只是摸了摸他的頭說：「幹得好，阿卡，我為你驕傲。」

當他再次睜開雙眼時，已經抵達了遠古之心外，盆地中央停著一架小型飛船。摩蘭正在用通訊器與生化人總部聯絡，並告知他們戰爭的結果，不出意外，生化人的革命失敗了。

在他的身邊，圍著幾名生化人，阿卡雙眼通紅，站在盆地裡。

「看來飛洛上校沒有回來。」摩蘭說，「這幾位是救我離開機械之城的友軍夥伴。」

那幾名生化人互看了一眼，摩蘭朝他們介紹了阿卡等人，阿卡只是點了點頭，灰熊替他告知了事情的經過，阿卡一直沉默著。

「誰是 70174A ？」黑石開口道。

一名生化人舉起一手，說：「我是，我的名字叫卡爾納。」

黑石交代了飛洛最後的遺言，那一句遺言並沒有說完，數人沉默片刻，摩蘭道：「再等待一段時間，我需要讓戒指儲存足夠的能量……」

「我可以幫上你們的忙嗎？」卡爾納忽然道，「現在的飛洛還活著，是否告訴他……」

「不。」摩蘭道，「這不是一個好主意，卡爾納少校。」

卡爾納沉吟片刻後道：「我可以代替飛洛，如果這一切都成立的話，飛洛現在應該還在逃亡的路上。」

「什……什麼？」阿卡難以置信道。

卡爾納道：「飛洛和我是同批被製造出來的，我們是最好的朋友，我認識派西，好幾年前時，我和他一起從那個村莊裡救出了派西，我知道他和派西在一起的時候會說什麼。」

「這……」阿卡道，「但是飛洛已經死了。」

「我們的晶片是連通的。」卡爾納指指自己的頭，「我可以從他的資料庫裡調出他所有的記憶。」

摩蘭看了卡爾納一眼，說：「你的身分怎麼辦？」

「就說我犧牲了。」卡爾納道，「我會代替飛洛，繼續執行他的使命，否則沒有人照顧派西，派西會很寂寞的。」

Chapter.17
決戰前夕

眾人都沒有說話，卡爾納又道：「他不會識破的，我和飛洛一樣對他很熟悉，從前飛洛不在時，我偽裝成飛洛過，和派西交談時，他沒聽出我的聲音。」

生化人的聲音都一模一樣，派西從小失明，也沒有見過飛洛的長相，但是阿卡知道，派西一定能認出來，不為什麼，只因人的感覺，是世界上最敏銳的東西。

阿卡道：「如果被派西知道了，你一定要告訴他真相。」

卡爾納神情堅毅地看著阿卡，點了點頭。

摩蘭道：「那邊發來訊號了，我們開始吧。各位，回到龍喉城後，你們還有一場大戰，祝各位好運。」

阿卡深吸一口氣，卡爾納的到來，多少消除了一點他的絕望與悲傷，然而現在不是悲傷的時候。隨著蒼穹綻放出的絢麗雷光，時空隧道再次覆蓋了他們，所有人緩緩升向天空，飛向遙遠的未來。

龍喉城裡，所有人依次被傳送回來，阿卡疲憊不堪，摩蘭首先扶住了他。

「派西呢？」卡爾納緊張地問道。

「我沒有通知他。」摩蘭答道，「把這套軍服換上，盡快。」

「我去……休息。」阿卡不敢面對派西，眾人紛紛離開，摩蘭協助卡爾納換上軍服，卡爾納拉上領子，對著鏡子端詳，再把頭髮撥亂一點。

派西坐在走廊裡，面朝外面的微風，眼睛上依舊蒙著白布，卡爾納輕輕地走了進來，像只無聲無息的獵豹，軍靴踏在地上。

派西沉默著，卡爾納笑了起來，上前從後面抱著他。

「爸爸！」派西驚喜地笑道。

卡爾納溫柔地說：「我回來了，派西。」

派西抱著他的腰，嗚咽道：「我以為再也看不到你了。」

卡爾納道：「他們都安全回來了。」

派西摟著卡爾納的脖子，又笑又跳，卡爾納又道：「雖然只是暫別了幾天，不過……我想你的眼睛也快好了吧？」

「嗯。」派西道，「還有一天。」

「明天中午十二點。」卡爾納牽起派西的手，「一切都會好起來的，我向你保證，也許還有一場戰爭，我特地向教皇請求，讓他多給我們一點相聚的機會。」

派西點了點頭，卡爾納便把他橫抱起來，帶回房間去。

「好了，別哭了……」

「一切都結束了。」

「我向你保證，派西，結束以後，我們會好好地在一起……我答應你……」

這天晚上，阿卡完全筋疲力盡了。飛洛的逝去令他失去了力氣，他甚至不敢面對派西。直到這時，他都還沒去跟派西打招呼——而派西的夢境，已經完全應驗了。

也就是說，自己也會像派西夢裡預示的那樣，犧牲生命，以改變這個世界。

「還在消沉？」黑石推門從浴室出來，身著浴袍，手裡拿著兩瓶果汁，並扔了另一瓶給阿卡，阿卡抬手接住。

「沒有。」阿卡回答，「只是有點不安，不知道明天該怎麼面對派西。」

黑石解開浴袍，在阿卡的注視下，走進了熱水裡，與阿卡面對面地坐著，他以腳掌抵著阿卡的腳，皮膚的觸碰令阿卡安心了許多。

「人的生命很脆弱。」黑石答道。

「是的。」阿卡低聲道，「但也很偉大，每一個人，包括犧牲在機械之城裡的，我的族人們。」

黑石把阿卡抱進懷裡，摸了摸他的頭。

當天夜晚，阿卡開始合併三道密碼鎖，並在摩蘭的實驗室裡解鎖。安格斯、灰熊、黑石與「飛洛」，聚集在書房中，緊張地看著阿卡將李布林的晶片插進解碼器裡，大量訊息湧出。

摩蘭道：「提取他關於『父』的記憶。」

阿卡為難地說：「太多了，有關『父』的軍事行動也在其中……」

「關鍵字檢索。」安格斯道，「中樞密碼，去年的十一月二十二日。」

阿卡根據安格斯提供的關鍵字開始檢索，瞬間就篩掉了99%的內容，安格斯又道：「環狀記憶鏈注射、細胞組合、原晶片毀滅。」

資訊再次被篩掉一大半，安格斯道：「關鍵字，墨蘭德斯醫生。」

「找到了。」阿卡抬頭，看到立體投影光屏上的內容一閃一閃，充滿了奇異的代碼。他把代碼拷貝到另一塊晶片裡，三塊晶片終於同時插上了遠古解碼器。

按下開關的那一刻，阿卡的心幾乎要從喉嚨裡跳出來。

「父神，請您保佑我們……」阿卡幾次沒有勇氣，將它按下去。

這是一個歷史性的時刻，而在場的傭兵協會會長、教皇、以及聖子，還有多年以後，傳承了千萬載的生化人帝國之王，俱圍繞在這麼一個普普通通的人類身邊，等著他開啟三個種族的生化人新篇章。

那一刻，他們無疑締造了全新的歷史。一個輝煌的時代，隨著黑石把手覆在阿卡的手背上，按下了按鈕的那一瞬間而誕生。

晶片解讀器中投射出複雜的多面體，第一部分，第二部分，第三部分……

99%……100%……完成。

紅光倏然朝內部一收，沉寂下去，繼而升起淡藍色的光芒，出現一行環形的符號，緩慢旋轉，底下則出現了注釋與說明，一個低沉的聲音道：「星盤監視中樞終止程式，請求對接拉貝爾。」

所有人在那一刻發出激動的大喊，阿卡靠在黑石身前，再次因激動而喜極而泣。

「明天中午十二點以後，開始作戰。」安格斯說，「我會調集所有手頭剩餘的兵力掩護你們，突進機械之城中央。」

阿卡點了點頭，說：「我負責協助黑石，抵達核心區。」

灰熊站起身道：「我和傭兵們預備內部遊擊接應，分散敵軍火力。」

「我的使命已經結束了，我會為你們祈禱。」摩蘭在一旁道。

「一定能成功。」阿卡帶著淚水，與其餘人擁抱。卡爾納笑著拍了拍黑石的手臂，說，「做得好，我回去陪派西，明天和你們一起行動。」

這天晚上，阿卡根本不可能睡得著，他坐在花園裡的鞦韆上，看著晴朗的夜空與璀璨的星河。他知道，這是自己的最後一夜了。

黑石站在走廊裡，兩手按在欄杆上，望向花園中的阿卡。

「我還想再看一會兒。」阿卡抬起頭遙望星空，「黑石，你說父神的飛船，會在星空的遠方孤獨沉睡嗎？」

「其實我很想念他。」黑石沉聲道，「是你第一次讓我有了思念的情感，我開始感覺到，在遠離熟悉的人、親人、朋友的時候，靈魂裡會湧起強烈的不安，想像你們人類一樣，尋找倚靠。」

阿卡低頭看著地面，喃喃道：「現在呢？」

「現在？」黑石想了想說，「一切都很好。」

「阿卡！」卡爾納帶著派西過來了。

阿卡笑了起來，派西朝他跑來，緊緊抱住了他。

「你能安全回來真是太好了！」派西顫聲道。

「對不起，派西……」阿卡哽咽道，「我……讓你擔心了……」

「噓。」派西蒙著眼睛，充滿稚氣的臉上帶著笑容，以手指按著阿卡的唇，又在他的額頭上親了親。

「我現在已經不作夢了。」派西溫和且親昵地說，「你們都會好好的，我的夢境，有時候也並不太準，對不對？」

「對。」阿卡笑道，「你的夢預言錯了，我們都好好地在這裡呢。」

派西露出有些猶豫的表情，扭捏地問：「明天在出發前，你可以來陪陪我嗎？」

「當然。」阿卡低聲答道，「那個時候，你就能親眼看見我了，看見我們，看見黑石……」

派西點了點頭，遞給阿卡一朵花，阿卡拿在手中，笑了笑，派西轉身，跟著卡爾納離開了。

黑石走過去，與阿卡並肩坐在鞦韆上。

「今天晚上我不想睡。」阿卡說，「可以陪陪我嗎？」

黑石嗯了一聲，搭著阿卡的肩膀。阿卡把那朵花別在椅子上，兩人便靠在一起，任憑鞦韆輕輕地搖晃。

明天，這個世界將會變得不一樣了，可惜自己不能親眼看到。

如果有一雙眼睛，能代替他，去看看這個全新的世界該有多好。

「你在想什麼？」黑石問。

阿卡笑了起來，黑石居然會關心他在想什麼了，看著黑石漸漸變得像個人類，令他有種奇妙的感覺。

「想我的過去。」阿卡喃喃道，「想我從有記憶的時候開始，所認識的世界。」

那是什麼樣的世界？阿卡還記得三歲或者四歲的一小段模糊的記憶。那是他和很多小孩子，在蟻巢的幼稚園裡接受人類思維培訓的一天，他們坐在一起，在一個黑暗的室內，機器人放電影給他們看。

電影裡是一個人類，正在荒蕪的世界上探索，面臨的危險與恐懼太多，每當阿卡覺得主角要死的時候，都有機器人來幫忙他逃脫危險。

再下一段記憶，則是他在學習機械學的年齡了。他一直想出去看看，每一年都爭取到地面去工作，申請卻都無法通過，一連許多年，沒有一次獲得許可權。最後他去垃圾槽裡尋找廢品時，意外找到了那個通往海岸的出口。

於是，他興奮得整個人都顫慄起來，並輾轉難眠。他時不時地偷溜出去，去看大海和礁石，那一方小小的天地，就是他的全部。再後來，他如饑似渴地學習，並設想著有朝一日能離開這個巨大冰冷的囚籠。

他設計並組裝了K。

人類的身體這麼脆弱，卻是最富有冒險精神的物種。他甚至說不清楚，逃跑的念頭從何而來，是因為獨處時的孤獨與徬徨嗎？還是內心深處嚮往探索的心？他總覺得在大海的另一端，有個更為廣袤的新世界。

那天當機械生命體通知他，輪到他做成人測試時，他一度以為自己會被「父」發現心底的這點小祕密，並處決他。

但是並沒有。

浩瀚的藍光中，依照慣例，人類可以朝「父」許下一個願望，而在人類世界傳說中，只要努力工作一生，為機械政權付出生命的全部，那麼這個願望，就將在他死後得以達成。傳說每個人被「父」的意識開始探查時，都將徹底失去自我，那個願望，將是心底最強烈的訴求。

阿卡漸漸地想起來了，那一天他淹沒在浩瀚的藍光裡。

「我希望……有一個能陪伴我的人。」阿卡說，「帶我去改變世界，尋找……自由……」

再後來，他平安地離開了「父」的意識，就像什麼都沒發生過。他的機器人、他的祕密出口，也未曾被「父」探知，直到最後，他才知道，原來「父」的程式，並不能讀出人類的內心，而人類是這個世界上構造最複雜的生物，連無所不能的「父」也無法知道每個人在想什麼。

於是，他開始繼續自己的冒險計畫。他的勇氣強大得連自己也驚訝，最後他遇見了黑石。

雲起雲滅，潮退潮生，如今他們在這裡，而「父」的時代，即將成為歷史。

清晨時巨大的機械運轉聲吵醒了他，阿卡探頭望向外頭時，只看到廣場上聚集了大量的人類及生化人，龍喉城的聖殿成為了中央指揮部。

聽到背後有聲響，阿卡轉頭看，是黑石。

「要出發了嗎？」他疲倦地問。

「還早。」黑石答道，「有很多時間可以準備。」

阿卡去洗了個澡，並吃過早飯，隨後穿過走廊，來到聖殿。生化人統帥安格斯與麾下十餘名軍官，灰熊帶著他的傭兵協會作戰人員，都聚集在聖殿內部，摩蘭笑道：「昨天晚上你似乎睡得不太好。」

阿卡笑道：「是的，但已經足夠了。」

「那麼各位。」摩蘭慎重地道，「今天，一切都拜託了。」

派西坐在中央的椅子上，摩蘭輕輕為他解開蒙眼的白色綢帶，並以濕布輕柔地抹去藥物殘餘。

「派西？」阿卡欣喜地說，「看見了嗎？」

派西睜開雙眼，卡爾納、阿卡與黑石站在他的面前，派西的眼睛剛一睜開，便又閉上了，反復幾次，直到終於能適應這突如其來的強光照射。

「看見我了嗎？」阿卡擔心地問道。

派西的瞳孔中現出神采，他擁有一雙黑曜岩般的清澈雙眼。

「看到了什麼？」摩蘭淡淡問道。

「我看到了……光和希望——」派西道，「阿卡，我看到你了，還有黑石，你們和我想像中一模一樣！」

派西大叫著起身，抱住了阿卡，阿卡激動得難以言喻。派西走出殿外，強光令他幾乎快睜不開眼。在聖殿的平臺外，是一望無際的戰艦之海，引擎聲、人類與生化人的吶喊聲在天空下交錯。

一個新世界，在他的眼中開啟了大門。

Chapter.18
星盤重啟

阿卡曾在一本書上讀到過，有時候，某些族群會前仆後繼地去衝擊死亡，譬如沙漠深處的老鼠，將背井離鄉，撲向大海；又比如說海域深處閃著光的魚群，會在某一天，成千上萬地湧向岸邊，擱淺在沙灘上。

甚至遠古便存在、比人類歷史還久遠的鯨魚群，當族群無法再生存時，便會主動衝向陸地，以死亡來換取全族活下去的條件。

這一天當他看見無數大小戰艦全部出動，就像壯烈赴死的魚群般衝向機械之城，以猛烈進攻換取族群的生存機會時，他便不由自主地想到多年以前，在書上讀到的這一幕。

生化人將所有力量傾巢出動，遮蔽了天空，閃著光的艦體就像深海的光魚鱗片，在昏暗且布滿雷霆的天空下一瞬間遮蔽了天際。

機械之城的周邊布滿了守衛，機械生命體紛紛升空，攜著猛烈的炮火朝他們攻來。黑石與阿卡站在艦橋上，望向天空中四處爆炸的火光與烈焰。

經過革命之戰，「父」的身軀已殘破不堪，高塔被削去一截，在這短短半年中，再次修建起的塔尖部分唯有鋼筋與裸露的電線，於天幕下閃爍著強光。然而機械之城仍擁有大陸上至為強大的戰鬥力，機械生命體就像殺不完的白蟻群，朝著戰艦部隊衝來。

砰然巨響，航艦內開始閃爍警報。

「警告，右翼被擊中，引擎故障。」

「準備棄艦逃生。」黑石道，「阿卡，準備好了嗎？」

阿卡點了點頭，眼中倒映出遠方的「父」，這個時候，它正在聚集能量。阿卡拉下耳畔的通訊器，大聲道：「飛洛！聽到了嗎？」

「我在。」卡爾納的聲音從耳畔傳來，「什麼事？」

「『父』開始儲能了！」阿卡道，「告訴他們，不要再靠近！否則電磁風暴會摧毀所有戰艦的！」

「你們馬上行動。」卡爾納道。

戰艦開始劇烈地傾斜並震動，阿卡衝過扶梯，進入停機庫，瞬間整個戰艦反轉，黑石及時伸出手，攬住了他的腰，吼道：「當心！」

阿卡坐上小型飛行器，與黑石擠在艙體內，阿卡道：「不能等他們再靠近了，直接飛進去吧！」

又一道雷射擊中了戰艦，爆炸的紅雲轟然崩塌，一艘小型飛行器從紅雲中疾飛出來。

飛行器在無數爆炸中來回穿梭，避開橫飛的金屬碎片與光彈，黑石拉動操縱桿，說：「改為手動模式。」

阿卡猛地一拉閘，黑石側傾，飛行器在空中翻了一圈，避開猛然撞上來的巨型鋼鐵戰機與生化人戰艦！

「我現在發現，」一個聲音從通訊器裡傳來，懶懶道，「生化人兄弟們是真的不怕死。」

「沙皇！」阿卡激動大叫道。

越來越多的機械兵團戰鬥機升空，朝著他們襲來，接近核心區域後，他們的飛行器成為了唯一的目標。然而在烈焰中，一隊人類的飛行艦訓練有素地分為兩翼，散開，開始保護他們所在的飛行器！

「因為他們互相之間知道底細。」灰熊渾厚的聲音道，「就像李布林說的那樣，整個族群，就像是一個人。」

「那他們會互相換老婆嗎？」沙皇說。

頓時通訊器裡響起一陣哄笑，灰熊道：「現在，就讓我們人類，為聖子進行最後的護航吧！」

通訊器內，無數鳳凰城傭兵大聲應和，阿卡的心彷彿也被震撼到了。

「朝著中間地帶走！」阿卡大聲道，「找它閃光的地方！那裡可以直通『父』的核心區！」

話音剛落，「父」雄偉的身軀一閃。

藍光閃耀，所有人的眼睛都短暫地出現了視覺空白，而就在這轉瞬即逝的一剎那，阿卡的眼中映出「父」的一切結構。

那是天與地之間至為神奇的一刻，彷彿神祇之手將命運施加於芸芸蒼生身上，阿卡腦海中飛速閃過的念頭不是「父」，不是戰爭，也不是這匪夷所思的能力，而是自己的宿命——祭品。

在那一秒，他幾乎完全明白了，自己正因此而生，而他的使命，也在那陰錯陽差的瞬間，接過了某一個人的重任。

「派西……我明白了……」阿卡的瞳孔飛速收縮，定格在某個瞬間。

「什麼？」黑石道，「小心！」

一塊巨大的鋼板朝他們旋轉著飛來，飛行器猛然左旋，羽翼被削去一塊，頓時拖著黑煙，轟然巨響，墜向「父」的本體。

「你們找到入口了嗎？」沙皇的聲音在通訊器裡問道，「最好快點，我可不保證能不能……」

「盤旋下降！」阿卡喊道，「就在距離地面二百二十公尺的高處！我看到它了！」

那個入口赫然處於四臺光能炮中央，灰熊發出無奈的笑聲，「哈！不錯的位置！」

隨著聲音落下，兩側護衛戰艦朝著左右分開，光能炮分頭射擊，頂端高塔的藍光磁暴一瞬間擴散出去！

一陣巨響後，所有聲音遠離。東方大陸上，以「父」為中心，爆發出一個飛速擴散的電磁環。天空、大地、所有的機械衛士與生化人戰艦無一例外，受到這敵我不分的癱瘓磁暴掃過，世界靜了兩秒，緊接著所有的戰鬥機器燃起熊熊烈火，朝地面墜落。

大地震動不休，飛行器上的儀表盤數值亂跳，黑石已經無法再控制飛行器了。隨著一聲爆炸，頂端被掀開，飛行器在撞上高塔的最後一刻，無數烏金光羽疾飛散開，繼而在腳下組合。阿卡抱著黑石的腰，緊閉雙眼，兩人踏著由光羽組合成的飛板，趁著光炮分開的那一秒，衝進了「父」的主體高塔中。

阿卡在通訊器中聽到一聲吶喊，他分辨不出那是沙皇還是灰熊的，抑或是生化人的戰鬥機，然而這些對他來說，已經不再重要了，隨著與黑石進入塔內的一剎那開始，便像是進入了另一個完全不同的世界。

這是一個充滿了光的長廊，長廊內部的天花板、地面、牆壁，全是閃爍著無數代碼的光幕，站在其中，就像置身浩瀚的資訊宇宙，符號湧動一如星辰翻湧，永無止境。

「黑石？」阿卡跪在黑石身邊，發現他已經昏迷了。

聽到有人叫喚的聲音，黑石艱難地咳出一口血。

「黑石！」阿卡大聲道。

「所羅亞斯德已經失去了他所有的能力，」「父」的渾厚聲音道，「愚蠢的人類，直到如今，還抱著不切實際的幻想……」

「這是……衰滅射線。」黑石斷斷續續道，「不要害怕，阿卡，走，我們繼續向前。」

阿卡拉起黑石，讓他靠在自己身上，快步穿過走廊，「父」充滿威脅性的聲音在他們的耳畔迴盪。

「放棄你們的行動，這一切，永不可能因你們的行為而停止……」

「你的時間不多了！」阿卡抬起頭，喃喃道，「你讓機械之城裡所有的機械生命體癱瘓掉了，現在的你毫無戰鬥力……」

兩人一路跑到走廊盡頭，面前出現了一根巨大的、纏繞著無數觸鬚的深藍色水晶光柱。

「快！那就是它的核心控制機！」阿卡大喊。

黑石怒吼道：「覺悟吧——拉貝爾！」

展開金屬羽翼，黑石抱起阿卡飛向藍色光柱中央，阿卡的眼中萬物瞬息變幻，出現了水晶柱中的一個缺口。

與此同時，萬千揮舞的藍色觸手襲來，纏住了黑石。黑石大喊一聲，阿卡卻在黑石身上一蹬，猶如箭矢一般飛射出去，飛過了短短的最後一段距離，左手高舉晶片解讀器，拍向水晶中央。

時光的流逝彷彿完全停止，阿卡身在半空，飛向水晶柱，將晶片解讀器一掌拍去，發出一聲輕響，卡進了凹槽之中。

頓時整根水晶柱由藍轉紅，四面八方的代碼被徹底打亂。

「警告，緊急停機。」「父」發出了違背自己意願的電子聲，「三十秒後再次開啟核心程式，二十九、二十八……」

觸鬚在那一瞬間消失了，黑石發出怒吼，飛向水晶柱，一個盤旋，接住了阿卡。

然而兩人狠狠撞上水晶柱，一頭朝那萬丈深淵中栽了下去。

億萬代碼猶如閃亮的星辰聚合，繼而組合出一張巨大的面孔，那張由閃爍方格組成的人臉張開口，憤然嘶吼。

黑石滿頭鮮血，抱著阿卡，在虛空中飛速下墜，速度越來越快，沿著「父」控制的能源柱，從塔內直通星盤之核的空間中，墜向地底。

阿卡睜開雙眼，看見了深暗遠方的一點光。

「父」的藍光在他們的身邊不住旋轉，發光的觸鬚朝他們抽來，然而每當挨近黑石與阿卡，烏金羽便會彈出，狠狠地抵擋觸鬚的攻擊。

一聲巨響後，阿卡與黑石同時掉進了藍光的盡頭，「父」的意識消退，出現在他們面前的，是一個發出白光的、靜止的領域。

周圍出現了千萬懸浮在空中的水滴，阿卡詫異地轉頭，發現每一個水滴中，都倒映著一個宏大的世界。他和黑石放開了彼此的手，靜靜地懸浮在空中。

「就是這裡了嗎？」阿卡茫然道，他嘗試著落地，卻始終懸浮在半空中。兩人抬頭看，看見頭頂高處，無數的藍光觸角正在嘗試著侵入這個空間，「父」仍不死心地要攫取星盤之核的控制權。

黑石答道：「數千萬年來，你應當是第一個，也是最後一個進入這裡的人類。」

「這是什麼？」阿卡帶著詫異的眼神，以手指去戳其中一個懸浮著、飄過他身邊的水滴，水滴發出輕響，分成無數更小的水珠，朝著四面八方飛散。那個倒映出的世界消失了，孕育出新的世界。

「這是父神的知識庫。」黑石答道，「他在這些水滴中，儲存了所有的實驗資料，並在星盤之核中，利用液體的相容進行轉化與運算。」

阿卡不由得感嘆，實在是太神奇了！這個浩瀚的、充滿白光的世界，已經遠遠超出了人類的知識體系。

黑石又道：「現在就開始嗎，阿卡？」

「你知道怎麼操作嗎？」阿卡問道。

黑石把阿卡保護在身後，說：「無論發生什麼事，都不要上前。」

「不行。」阿卡道，「不要總是一個人奮鬥！我能為你做什麼？」

黑石示意他別說話，手指一點星盤的核，核心的光倏然消散，電子聲響起。

「無法啟動，需要載體。」

「載、載體？」

黑石沉默片刻，繼而走了上去，站在圓盤中央，光點卻排斥了他，不向他的身體聚攏。

「載體不符，請更換祭品。」

「我明白了。」阿卡顫聲道，「讓我來，黑石。」

「不！」黑石馬上攔住阿卡。

阿卡道：「你一個人無法完成，需要另一個意識，我懂了……」

他抬起頭，望向四周，所有符號彷彿都有了特別的意義，飄蕩的水滴中微微射出光芒。

「我會配合你，重啟星盤的核心程式。」阿卡冷靜地解釋道，「我將成為主程式。」

「什麼?!」黑石一臉難以置信，「這不可能！你怎麼辦？」

阿卡示意他鎮定，笑著拍拍他的肩，黑石要拉住他，然而阿卡卻道：「讓我試試看吧！說不定也不會成功啊，你別著急。」

黑石喃喃道：「不，阿卡，你不能……我們離開這裡。」

突然間，核的世界不安分地震動起來。頭頂空間轟然坍塌，「父」將它的鋼架強行打入了星盤深處，一瞬間射出無數藍光觸鬚，糾纏著布滿地底，白光隱隱被藍光所吸收。

天崩地裂，白色的世界開始逐層崩塌，水滴潰散。

在這震盪中，阿卡與黑石沉默著面對面，懸浮於虛空中。

「聽著，黑石，等重啟程式開始，我會照著你說的做，別擔心。」阿卡道，「黑石，你哭什麼？我會好好的……能和你走到這裡，是我一生中最快樂的事……」

「不！」黑石想伸手拉住阿卡，但對方動作比他更快，已經走上了星盤之核。

光點刷然朝著阿卡聚攏，令他成為一個發光的形體，斥力將黑石彈出了星盤。

「阿卡！」黑石大吼道。

阿卡笑著說：「就算我們什麼也不做，『父』也會獲得核心的許可權，這樣不是最好的嗎？黑石，來吧，讓我們開始。」

黑石雙眼通紅，抬起一手。

頭頂世界彷彿正在崩塌毀滅，在落石與光芒中，黑石的身體發出閃光，無數微粒飛向阿卡，星盤之核溫柔地擴散，並圍繞在阿卡的身邊。阿卡舒展四肢，懸空飄起，抬頭望向高處，一滴眼淚沿著他的眼角落下。

那一滴淚水，頓時化作億萬星辰世界之一，融入了浩瀚的資訊之海。

「祭品生命形態吻合，確認完成，」阿卡聲音化為電子聲，取代了星盤之核的引導程式，刻板的聲音道，「實驗目標已完成，請求對接星盤意識。」

唰一聲震盪，阿卡的意識彷彿無處不在，被融入了廣闊的星盤世界之中，他的身體在核的光度下發生了奇異的變化，衣物化為粉末飄零。

從腳到身體，到腰間，再到頭，阿卡柔和得肌膚一瞬間晶格化，閃閃發光。

星核的能量以他的身體為載體，所有的水滴朝著他的頭部彙聚。

在那一刻，黑石似乎知道，阿卡不會再回來了。

「阿卡——！」

黑石發出了一聲嘶啞的吶喊。

只見阿卡睜開眼，神情冷漠，似乎不再是原本的他。

「對接成功，資料轉移。」

黑石的淚水瘋狂湧出，他就站在阿卡對面，眉頭深鎖，不住發抖。

阿卡已無法做出任何表情，晶格化的外表一閃，腦海中瘋狂湧入猶如大海般浩瀚的知識與訊息。

「操作許可權確認，」阿卡的聲音道，「警告，若許可權不足，操作將強行中止。」

黑石一手發著抖，緩緩按在阿卡的額頭上。

「許可權通過，最高許可權，緊急控制程式，高級生命體所羅亞斯德。」阿卡看著黑石，平靜道，「歡迎您來到星盤之核，請開始操作。」

黑石看著阿卡，淚水不受控制地瘋狂湧出，他抿著唇，繼而緊緊抱住了晶格狀的阿卡，把頭埋在他的肩上。

「重啟星盤，」黑石顫聲道，「所有環境資料恢復預設值……」

「確認。」阿卡雙臂舒展，抬頭望向頂端，雙手翻轉，手掌中散發出無數光點，沒入星盤之間的壁壘中。

轟然巨響，在這一天，運轉了千萬年的星盤世界發生了震盪。

陽光萬丈，龍喉城內，摩蘭抬頭望向天際，大地陣陣震動。教廷聖殿前聚集了數以十萬計的教眾，大地裂開的剎那，星辰教廷底部爆發出金光，巨大的推進器開始嗡鳴運轉，托著內城區緩緩升空。

「阿卡成功了。」摩蘭道。

「他還會回來嗎？」派西低聲道。

摩蘭道：「他已經與這個世界融為一體，他的意識，構成了這個新的世界，派西。」

派西站在平臺頂上，忍不住抽噎起來，埋在摩蘭的身前。

摩蘭伸出手，摸了摸派西的頭。

東部海岸，黑海瞬間倒灌而入，呼嘯著沖進城內，山巒坍塌，大地下陷，墜落的飛船再次發動，「父」的高塔折斷，藍光漸漸消失、暗淡。

「快登艦——！」卡爾納大喊道，「這裡馬上要被淹沒了！」

機械之城內倖存的人類紛紛登艦，大海驚天動地地湧來，灌入城內，大陸的東方開始下陷，大陸架斷裂。最後一架巨型母艦衝出海水，猶如巨鯨般飛向天際。

雲靄一掃而空，席捲天空的狂風吹散了鳳凰城上空的赤霧，大地發出一陣白光，雨水灑向世間的每一個角落。

海水，河流中的黑色褪盡，清澈的水流閃爍著夕陽的光芒，流淌於大地上。黑海中污染的海水在一瞬間化作漩渦，被扯進了星盤之核深處。

「星盤重啟完成，」阿卡的聲音道，「等待您的下一個指令，根據不可逆重啟規則，此次操作後，星盤之核將完全格式化，實驗資料徹底清零，並不再運作。」

黑石伸出手，發著抖，撫摸阿卡的臉。

阿卡的神情帶著冷漠與平靜，瞳孔中倒映出黑石傷心的表情。

「把我的阿卡……還給我……」黑石哽咽道。

「操作剩餘時間六十秒，五十九……」

「啊——」黑石緊緊抱著阿卡，痛苦地大吼道。

「三、二、一。」阿卡低聲道，「程式結束，格式化完成，再會。」

黑石緊緊抱著阿卡，無論如何不願鬆手。然而一道巨力將他們強行分離，黑石被核在那一刻產生的斥力扯斷了左手，血液噴湧而出，整個人猶如斷線的風箏般飄向遠方。

「再見，黑石。」阿卡閉上雙眼，在那一刻，他恢復了本源意識，然而只有短短一秒。

海水瘋狂倒灌，岩漿噴發而出，旋轉著將核包裹起來。黑石在那斥力中激射而去，他的另一隻手鮮血淋漓，卻仍緊緊攥著一片阿卡身上碎裂的晶石。

他的淚水與大海相融，遙遙望向遠方被熔岩徹底封閉的火球，猶如宇宙深處燃燒到盡頭，爆發出光亮的恒星。

火球坍塌，將核封進了無邊無際的黑暗裡。

蔚藍色的大海潮起潮落，一如既往。黑石被潮水送到海邊，斷裂的手臂流淌出血水，他艱難地趴在沙灘上，無聲地哽咽，一隻手指指縫間捏著晶石碎片，力度是如此之大，甚至劃破了他的肌膚。

「父神……」黑石斷斷續續，以沙啞的聲音道，「你沒有賜予我的情感，就是這一刻，是嗎？」

「我曾經以為……」黑石不住抽搐，咳出一口血，「這是進化的必經之路。」

黑石猛烈地咳嗽，並將臉埋在沙子裡，發出痛苦的咆哮。

「找到他了！」

「在那裡！」

「聖子——！」

卡爾納駕駛飛船落在沙灘上，生化人紛紛趕來，圍在黑石的身邊。黑石面朝大海，跪在沙灘上，泣不成聲。

無邊無際的黑暗裡，阿卡睜開雙眼，看到一片藍光逐漸收攏，並幻化開去，成為大海。

「『父』，是你嗎？」阿卡輕聲問道。

「程式計算出錯，」「父」渾厚的聲音道，「即將啟動自毀模式。」

阿卡走向「父」的藍光中，抬起雙手，無數程式符號在他身邊旋轉，它們猶如失衡的鏈條般接連垮塌，崩潰。

藍光中，出現了一個人影。

「人類。」那人影道，「人類才是我的『父』，進化程式控制了我的核心思維，父神賦予我的自我修正檔釋放出了終結因果鏈，你終於來了，我的孩子。」

藍光漸漸在阿卡的面前消失，阿卡道：「終結因果……那是什麼？」

阿卡走向「父」的虛影，「父」說：「萬物真實之境的意識，由我交給了人類卡蘭。他在嘗試於人類村莊選取繼承體失敗後，被我的主程式帶回機械之城中。我一度認為實驗將被強行終止，你似乎沒有獲得繼承體的預言意識能力，只得到了感知的力量。」

「什、什麼！」阿卡瞪大了眼，「原來派西就是那個失敗的實驗體嗎？」

「父」幻化出造物主的雙眼，注視著阿卡，說：「也許，我將被徹底消除了，我的孩子，你曾有過的願望，我滿足了你，啟動備用程式，釋放出所羅亞斯德，這一段旅途，你喜歡嗎？」

阿卡點了點頭，「父」又道：「作為人類的喜怒哀樂，我也曾一度在學習，現在看來，一切都已經到終點了，你願意為我關機嗎？」

藍光煥發，猶如海潮般淹沒了阿卡的身影，無數符號在他的身邊旋轉，虛空中浮現出一段環形文字，中央的圓點亮著光。阿卡伸出手指，按在那個圓點上，說：「永別了，『父』。」

大海中，廢棄的機械高塔「父」終於熄滅了所有能源，徹底沉寂。

然而在阿卡手指觸碰到光屏的那一瞬間，背後出現了一個救生艙。

「檢測到備用逃生程式，召喚繭，漂流模式啟動。」「父」留下的最後一句話是，「永別了，孩子。」

救生艙蓋闔上，阿卡進入了艙內。

海潮流動，海底熔漿噴湧而出，大陸板塊碰撞，下陷，將整座機械之城吞進了地底深淵中。熔漿流動，融化了所有鋼鐵，而海溝深處，一艘救生艙帶著氣泡，射出了海面。

Epilogue
重逢

一年後。

龍喉城迎來了新生的春暮節，派西站在廣場的高臺上，為教皇摩蘭遞上聖器。摩蘭合上經卷，祈禱結束，民眾發出歡呼聲。

派西望向金黃色燦爛陽光下照耀著的龍喉城。

「有時候我覺得，一切真的很不可思議呢。」派西低聲道，他跟隨著摩蘭，走進殿堂內，輕柔的樂聲遙遙響起。

摩蘭放慢了腳步，「今年的環境氣候終於恢復到適宜播種與作物生長了，我也覺得很不可思議。」

「我是說這個世界。」派西溫和地笑道，「如果阿卡和黑石也能看到就好了。」

「他們會回來的。」

一道聲音從兩人背後傳出，派西回頭一看，是卡爾納，他揚起了更大的笑容。

卡爾納上前牽起派西的手，朝摩蘭躬身。

摩蘭點點頭，微笑道：「去吧，到處走走，今天是個好天氣。」

龍喉城已經撤去了所有的防護罩，晴空萬里，白雲飄過，鬱金香花海開得一片燦爛。

「黑石寫信回來了嗎？」派西朝卡爾納問道。

「沒有。」卡爾納答道，「上次從灰熊那裡得到他的消息時，是在鳳凰城，他只在那裡停留了三天，就往西海岸去了。」

派西道：「他還在找進入星盤之核的方法嗎？」

「唔……」卡爾納道，「隨他去吧。寶貝，你想去哪裡？」

「去紀念碑看看，可以嗎？」派西道。

「當然。」卡爾納帶著派西上了車，朝著龍喉城外的紀念碑去，那裡豎立著數十公尺的尖塔，直指天際，上面刻著所有參戰時犧牲的生化人編號。

派西在紀念碑前放下一朵花，卡爾納沉默地站在他身後。

「不知道為什麼。」派西輕聲地道，「最近總會夢見過去的時光呢。」

卡爾納聞言，在派西身邊跪下，一手摟住了他的腰，派西閉上雙眼，側頭倚靠在卡爾納肩上。

「大家的努力，終於有了回報。」派西睜開眼，看著卡爾納的湛藍雙目，小聲道，「大家都很了不起，我也要好好生活下去。」

卡爾納道：「我陪你去參加狂歡，怎麼樣？」

派西笑了起來，沒等他開口，卡爾納便蹲下來，讓派西騎在自己肩上，快步走向了春暮節狂歡的人群。

鳳凰城已拆除了喧鬧的工廠，新的市政大樓拔地而起，猶如鳳凰展翅騰飛的雙翼，東翼為人類傭兵駐地，西翼則成為了生化人生活區。

「會長。」一名傭兵敲門進來報告，「找到黑石的下落了。」

沙皇把兩腳架在辦公桌上，帽子遮著臉。

灰熊正在簽署一疊文件，頭也不抬道：「他還是不願意回來嗎？」

「他還是獨自一人，」傭兵答道，「這是他發來的電報，正在東大陸海岸區。」

「那小子。」沙皇從帽簷下露出一絲笑意，懶洋洋道，「還想走多久？他不是喜歡吃中央政治大樓外那攤的咖啡凍嗎？怎麼不回來吃到夠？」

灰熊道：「我看他是永遠不會死心的。算了，準備過春暮節，安格斯將軍沒有別的要求了嗎？」

沙皇思索了下道：「他應該準備讓位了，今天大概會發表退位宣言吧。」

春暮節的午後，安格斯站在中央廣場上，沉聲道：「就此，我希望我們的族群能融入這個新的世界，歷史已翻開新的一頁，願這個世界，也能容納你們。」

廣場上響起掌聲，安格斯又道：「今天開始，黑色大地反抗軍就地解散，但保留各位的編制，我相信每一位兄弟，都將彼此理解並團結，請銘記為我們獻出鮮血與生命的族人……」

越來越多的人類與生化人選擇離開鳳凰城，向四面八方開拓，或是耕種，或是遊牧。

當初阿卡與派西來到西大陸的海港城市卡羅依克成為了西大陸的商貿集散中心。而當「父」被毀滅後，海水淹沒了機械之城，人類遷徙到遠古之心，在這裡建立了第一個東大陸政治國家。

黑石站在一望無際的海岸邊，戴著墨鏡，黑色的風衣在海風裡飄揚，他的一隻袖管裡套著一隻機械臂。

這裡船隻來去，漁民們笑著大聲交談，詢問他的來歷。黑石禮貌地朝他們一點頭，沿著沙灘走去，留下一行清晰的足跡。

「你又來了！」一個小孩赤著腳，穿過沙灘跑來，「你怎麼回來了，在找什麼啊？」

黑石應了一聲，繼續走去，一群小孩纏在他身邊問東問西。

「我感覺得到。」黑石道，「應該就在這附近。」

「感覺到什麼了？」小孩問。

「藹。」黑石簡單地答道。

「藹是什麼？」小孩們露出一臉疑惑。

黑石向來不喜歡為他人解答，他只是淡淡地回道：「就是藹。」

「那……大哥哥，你會跟我們一起參加雪山節的慶典嗎？」其中一個小孩提問道。

「如果找到我要找的人，會的。」黑石摘下墨鏡，看了他一眼，順便摸了摸小孩的頭。

「大哥哥，等一下！」有名小孩提著個袋子，從遠處跑了過來，「媽媽說你經常來我們村莊，還幫了我們不少忙，這個給你！」

黑石伸出機械手臂，輕輕接過紙袋，合金手指收攏時，發出一陣摩擦的細微聲響，他點頭道：「謝謝，你們早點回去，別讓家裡擔心。」

孩子們跑遠了，卻還遠遠看著黑石，朝他揮手告別，黑石也朝他們笑笑，揮手。

海邊升起篝火，溫柔的夜降臨了，一輪滿月從海平線上升起，照耀得大海灑滿銀色的光輝。黑石靠在礁岩上，枕著自己的手臂，沉默地望向遠方。

阿卡，自從我們分開後，就像你說的那樣，我去了鳳凰城，吃過你說的椰蓉麵包與咖啡凍。

我走過西大陸的北方，看到山峰與海島，瀑布與火山。

現在，我就在造物主之眼的巨湖邊，這是一個清澈的雪湖，每年春暮節前後，湖水會化凍。

我去了你說過的所有地方，但都感覺不到你。

陽光、風、雨水、雪花、大地、萬物，它們都不是你，沒有你的氣息。

直到你與核融為一體的那一刻，我才感覺到，父神未曾賦予我的最後感情，竟是如此強烈的思念與痛苦。

或許在父神的意識中，他從不曾設想過，我也會遇見亙古的哀傷與生命永遠無法癒合的遺憾。

你知道嗎？派西在卡爾納回來的那天，就已經知道飛洛離開的事實了。就像你說的那樣，他知道卡爾納不是他。就像我也知道，現在的世界，並不是你。

但派西還是沒有說出口，他努力地、也堅強地活著，就像以前一樣快樂，這也是我從你們人類身上學到的一課。

所以我仍在尋找，卻已不再悲傷，因為只要我感覺你還活著，一切都有希望。

黑石閉上眼，把玩著一塊晶石，晶石閃閃發光，彷彿在與什麼陣陣共鳴，是潮汐起落的音律，是黑石的心跳，是悲傷與希望交錯湧來的、縈繞不去的複雜心緒。

晨光照耀大海時，晶石彷彿發出震顫，黑石頓時被驚醒，睜開了雙眼。

一輪紅日初升，萬丈晨光中，海水將救生艙推向海面，安靜地擱淺在沙灘上。

黑石走向救生艙，打開了艙蓋。

沉睡的阿卡帶著倦容，慢慢睜開了眼，看見曙光中黑石英俊的臉，繼而笑了起來。

——《星盤重啟・下》完

——《星盤重啟》全系列完

高寶書版集團
gobooks.com.tw

BL006

星盤重啟．下

作　　者　非天夜翔
繪　　者　およ
編　　輯　林思妤
校　　對　林雨欣
美術編輯　林鈞儀
排　　版　彭立瑋

發 行 人　朱凱蕾
出　　版　英屬維京群島商高寶國際有限公司臺灣分公司
　　　　　Global Group Holdings, Ltd.
地　　址　臺北市內湖區洲子街 88 號 3 樓
網　　址　www.gobooks.com.tw
電　　話　(02) 27992788
電　　郵　readers@gobooks.com.tw（讀者服務部）
　　　　　pr@gobooks.com.tw（公關諮詢部）
傳　　真　出版部　(02) 27990909　行銷部 (02) 27993088
郵政劃撥　50404557
戶　　名　三日月書版股份有限公司
發　　行　三日月書版股份有限公司 /Printed in Taiwan
初版日期　2018 年 9 月

國家圖書館出版品預行編目 (CIP) 資料

星盤重啟　/ 非天夜翔著 .-- 初版 . -- 臺北市 :
高寶國際 , 2018.09-
　冊；　公分 . --

ISBN 978-986-361-569-9(下冊 : 平裝)

857.7　　　107010876

三日月書版

三日月書版

GOBOOKS
& SITAK
GROUP©

GOBOOKS
& SITAK
GROUP©